U0837436

说好的，重逢有期

阿果 著

中国出版集团 现代出版社

目录
Contents

序

序 月光永远柔和的大地

写文章，老实说，感觉真像是在给自己写情书。

每一字每一句精心拿捏，掏心掏肺地斟酌，一改再改，真怕一字之误，就万劫不复。直到最后一遍又一遍默默心中诵读，如此陶醉如此欢喜，如此为自己感到骄傲感到了不起。

你写过情书吗？现代人都不写信了吧？那或许是还未到真正心动时。若真是动了心，不写情书，无从宣泄内心澎湃的焦虑，会窒息的。

动了真心如同走上紧绷的钢索，绝望与希望仅一线之隔，是展翅或是失足，仿佛都由不得自己了。动心如同在死亡边缘挣扎，每一口急促的呼吸，都是甜的，甜入心扉，就算是撕裂一般的痛楚也甘之如饴。还有什么比心动那一刻，绝望与希望，欣喜与忧伤，疯狂与理智，幸福与苦痛参半的混乱滋味，来得迷惑人心？越是患得患失，越是难以自已。

这两天在整理以往所写的文章。挖出20世纪90年代投稿的作品，才一眨眼，已是二十多年光景。当年气盛，满腹创作激情，大学四年，笔耕殷勤，才一踏出校园，投入现实环境，忽而再也找不到动笔的理由。在文学院中文系，写作是理所当然责无旁贷的，离开了温室，兰花草也好，橄榄树也好，都成了幼稚可笑的梦呓。流浪，永远只是不切实际的浪漫，注定要迷路的。

然而，翻着二十多年前用心创作的文字，忽而唤醒许多记忆，惊讶自己曾如斯执着，如斯认真，如斯义愤填膺，如斯感慨万千。许多早已忘记的念头，才又隐约地记起。那是二十来岁时阿果的勇气，傻傻的勇气，通过创作证实自己存在的勇气。这种勇气，是年轻时最珍贵的财富，不及时把握，迸发成一朵朵灿烂绚丽的烟花，再蹉跎一阵，就只剩下生命，在空寂中老去。

八年前，因缘际会我在新加坡《联合早报》寻得了一片天地，开辟了《三读空间》的图文专栏，延续了定期给自己执笔写情书的习惯。若这也算是一份情感的执着，那也早已度过七年之痒的考验。两年前，我们挑选其中最早期的约五十则图文，结集成册推出《说好的，重逢有期》，原本只是与新加坡读者分享的图文情书，承蒙中国出版社青睐，得以同中国读者见面，也算是难得的情缘了。

我每回动笔作画作文，都是一次动了真心。而我的情感里，始终流淌着数千年文化中国的养分，温柔素雅如一片城里的月光。父亲年少时因时局动荡，为逃避土匪之乱，离乡背井渡海过番来到南洋讨生活，他或许怎么也没想过，这一走就是一辈子的。还记得小时候，父亲每每提起对海南故里的记忆，眼里总闪现光芒。父亲没受过多少教育，自然不曾给母亲，更不曾给遥远的故乡，执笔书写内心情意。以往的家书，都是书信先生代笔的。我相信父亲内心必定澎湃着千言万语，奈何只是无从写起。

新加坡城里的月光，每晚也都照亮父亲海南的故里，更照亮神州每一寸的土地。明月千古不变，温润了李白，温润了苏轼，不也温润了今天的你，明天的我？父亲虽在岛国落地生根，然内心那盏月痕，始终朦胧。八十多年前父亲离开了中国，而今我带着图画与文字，回到他内心那月光永远柔和的大地。父亲泉下有知，应也欣慰吧？

我在新加坡写的画的情书，送给远在中国的你。我们千里共婵娟。

1996年的
负离子

这世间最神秘的莫过于时间。时间无声无息地，就把一切都改变了。有时候我在想，这么多年了还依然坚持写作画画，不为别的，只因为画下的图画写下的文字，至少是不会变的。

把画稿扫描入电脑，岁月沾染的泛黄斑痕也清晰可见，如褪了色的墨迹，如生命燃烧殆尽零星残留的印记。我笑说那是老人斑，说明画纸是有生命的，也会生老病死。

看着游离在纸面上凝固的斑痕，我竟然联想到飘浮在大气层的负离子。首次听闻负离子，是 1998 年左右，只身前往台湾走走看看，深入阿里山，徜徉森林浴。深山老林的浴场，弥漫浓稠的负离子，至于负离子对健康有何益处，至今未曾探究。只是喜欢负离子的名称，负的未必就是不好的。

那是Web 2.0前的时代，部落格还不盛行，更别说脸书，人与人的社交还不至于太虚拟，人与纸的感情依然肌肤相亲。画稿上是一幅旧作，落款写着“郁金香，200296，大年初二凌晨”，画的是一瓶农历年摆放的郁金香年花。二十二年前的几枝郁金香，开过也谢了，我也不知哪来的浪漫情怀，深夜不睡，用笔墨为它们留影，一留就是一辈子，一辈子都盛开，一辈子不凋谢。

一晃二十二年，那时我正赶着毕业论文，还没踏入社会，还没接触电脑作画，还没教书，还没负笈英国，还没接触绘本，还没从事图文创作，也还没老花，也还没华发。

而今生活几乎离不开电脑了。电脑作画打开了一片新天地，但也让我逐渐疏离与纸的感情。网络世界虽然带来便利，但也疯狂麻痹个人意识的清醒。我承认我几乎每天必点击脸书，只是近年来脸书积累的负能量越来越沉重。那是一种陷阱，一不小心人就会遭群体的负能量吞噬，而变得同样面目可憎。脸书就是一张脸，面容和善抑或面目狰狞，决定还是在于你。我想我还是幸运的，因为在生活中我有写稿作画的理由，文字与插画的天地让我回归也让我抽离。现实是群体共创的氛围，人群离不开自私与功利，虚拟的网络更是推波助澜，助长并放大负能量的威力。当我发觉需要排掉虚拟的毒素，文字与插画成为我的深山老林，我是文字与插画的隐士，我以文字与插画净化思绪。

1996年初正是求学阶段即将结束，2013年末我在努力适应中年阶段的种种变更。那时依稀记得内心有点忐忑，不知踏入社会能否适应，不知将来会否继续画画写作，因此画得格外勤。将旧画稿输入绘画软件，添加了现阶段作画的风格与元素。新旧两相照映，那是一种自己与自己的对话，仿佛二十二年前的我是更老成的，而今反而天真了。但画纸上的斑痕，是岁月的画龙点睛，由不得我决定。岁月总喜欢在一切事物上留下手笔，原来它也是顽皮的插画师。

特意将斑驳的痕迹留着，点点滴滴，在纸上游离，当成是1996年渗入画稿的负离子。那是我和岁月共同完成的作品，只有悠悠淡淡的笔触，轻轻缓缓的情怀，没有俗世沉重的负能量。

图画是语言的色身

想要表达自己，不一定非得通过言语，这是我向来相信的。无声胜有声的境界，往往就在心领神会时。能够通过其他方式传达心意，这是人的天赋，要珍惜。

▼
▼

让电脑冬眠，草草收拾，趁雨还未落下，快步穿过碧山公园，往住处走去。隆隆的雷声闷闷地在云间滚动，我的脚步声絮絮踩过绿草枯叶断枝，微弱的风中响起凄凄虫鸣，鸟语隐约萦绕不知何方的枝叶间。偶有人骑车经过，咳嗽喘息跑步声交织，不远处公路上车辆川流不息。我打到一半的文思在电脑冬眠的梦境边缘轻轻呼吸，我在思考什么是宁静，这短短的路程布满了各种的声音，奇怪的是，这些声音却成就了整个时空的平静。

我不喜欢言语，或许正因此，我更偏爱文字，也难割舍作画。文字是没有声音的语言，图画是无须言语的感知。

大学上文字学时，认识了汉人创造方块字的六书手段。甲骨文的出土，让世人了解大部分的汉字属于象形文，而象形文的前身，就是图画。在我们还不会写字之前，我们就会画画了。

然而，文字与语言关系终究密切，图画与语言的关系实则更为超然。我们可以靠双眼无声阅读文字，读图不但无声，更与文字毫无干系。

年少时期，每晚书写日记是我自我救赎的方式。当时面对人生众多可说不可说的错乱，向外寻不得答案，唯有往内在求索。那一行行的语无伦次，在无须设防的私密领域里，只是一种梳理紊乱思绪的必然形式，是一种无声的抒发，一种静谧的宣泄，看似一池寒潭，实则暗流汹涌。青春期的焦躁，不一定都是外露的，我藏得很深，都藏在见不得光的文字里。

直到现在，我依然处在这种不动声色的焦虑与喧哗的生命状态中，人生依旧面对许多可说或不可说的错乱。我习惯选择不言语，但那不表示我没有声音。我的声音都放回到内心里，而这正是我的苦恼，我内在有太多声音，交响成纷扰繁杂不协调的音频，让我外在的平静都徒然成了虚张声势的假象。

年纪大了，反而不常写日记，作画逐渐取而代之。这还是一种自我隐藏的方式，把想说的，都藏进图画里，然而具体想表达些什么，许多时候也说不清了。

这或许正是为什么我喜欢画画的原因。很难说清，或根本超越说清说不清的范畴。犹如李商隐的“锦瑟”，是繁华意象的堆叠，纷至沓来，缭乱绚丽。求学时，讲师要我们分析该诗的朦胧多义。从逻辑分析的角度来说明，不一定能理出个头绪，然而诗歌的情感，甚至人独处时，萦绕心房的焦虑不安或浪漫遐想，又有几多是能以逻辑来归纳的？一旦归纳就不是整体了，是逻辑就不是诗了。

图画是语言的色身，却又可以省却抽象文字阅读的过程；它是物化的诗歌，揭去了文字阅读那一层膜的隔阂，让人一眼就在心湖点开颤抖的涟漪。

我最近在画一个系列，画一组小孩手执盛开花朵垂目不语。拈花微笑早已是宗教境界的视觉符号，我可以做到表面的平静，但我很清楚，我内在的许多害怕与不安，那才是扰人的噪声。

开出几朵还算清雅的小花

有企图心不一定不好，然而企图心一旦失控成了野心，人就不复单纯的初衷了。做什么都好，最重要的不应该是渴望成功的企图心，而是动手创作时的愉悦之心。

▼
▼

最近在网络上听某个中年转业的人说，我们有一百个理由想改变现状，但与此同时却总会整理出一百零一个借口来安于原状。

同样的道理，我们一生中在决定要不要进行某些行为时，不也是常常面对此等交战，到最后只因那多出来的一个借口，而让一切胎死腹中？选择不行动，是因为对未知的恐惧。毕竟现况纵使不尽如人意，却也是在认知经验范畴内，可以具体掌握的。不去做，顶多打回原形；不改变，就可免去风险。我们总是花太多时间来权衡利弊，过于小心翼翼反而耽误了关键行动应有的爆发力。

某日行色匆匆，我独自飞往吉隆坡参与当地的世界书展，配合新书《幸福的秘密花园》办了个简短的分享会。此次有别于前几回的出版，新作不是儿童图画书，因为绘本从来就不只限于儿童读者。从筹划出版到具体创作，时间相当紧迫，经商讨最终决定将历年来部落格上的小图，重新整理筛选上百幅，以主题串联成九个章节，配上简单的文字，再以一组全新创作的跨页图来贯穿，让握着一朵蓬松梦想的小女孩，带领读者走入插画的秘密花园，去寻找幸福的倏忽光影。

有朋友羡慕我可以画自己喜欢的画，可以出版自己创作的绘本。他们说这是我的绘本事业，虽才刚起步，已小有成果。我想说的是，我从未把绘本创作当成事业，因为从一开始，就不曾有过规划经营的企图心。我向来就是个没有企图心的人，我不擅长布局，更不精于筹划。我的创作不是工作，是灵感的抒发，是富足的领受。或许正是因为当初的无心，没有成败的忧虑及利害的牵绊，只是非常纯粹地画画及分享，反而得以创作时随心所欲，从容而自在。从2006年左右直到现在，不断在部落格上耕耘，才逐渐地积累了现有的养分开出几朵还算清雅的小花。如果真要说经营，那也只是在网络的天地营造一座图文的秘密花园，营造个人内心审美需求的满足感，无关事业，无关生计，无关成败，无关利弊。

在吉隆坡人生地不熟，我在舞台上介绍自己的，放眼台下观众席上，聆听的人不多，不少只是走累了，想找个歇脚处，翻翻喜欢的书籍而已。心中难免闪过一丝挫折感。然事后我想，那就是成败心了。

出版《幸福的秘密花园》绝对是我的梦想，但我从不强求。我只是简简单单把打动自己的画画好，放到网络的花园里供人欣赏。那天完成了分享会，在后台有个年轻的工作人员向我虚心讨教。他也喜欢画画，只是觉得自己画得不好，总会很生气。我也有画不好的时候，但从不会因画画而动怒。我想告诉他，画画应该让人欢愉。以欢愉的心将每一朵花都打理好，春天自然就会到来。

活得还像个人样

我的个性是比较随意的，对于追求完美向来都不执着。因为完美不可能绝对，永远都只能是相对的。做任何事，放轻松些，就不会平添无谓的烦恼。

往往总是如此，我心中依稀有一幅画面，时而具体时而朦胧，可以称之为灵感或是创作的冲动。只是，当我努力用左手在画纸或电脑上，想尽办法将之捕捉时，过程总是沮丧与喜悦参半。因为我最终完成的作品，永远与内心浮现的画面不一致。可以这么说，所作与所思不可能对等，我们创作出来的一切，只是灵感在俗世中不完美的再现。

生命的状态本来就是不完美的，精神的我得靠物质的我来传达思维，奈何二者毕竟对立，才会形成一种驾驭关系。若真能天人合一，就不会有精神与物质二我的状态了。这说得有点玄了，其实也不难理解，物质的我是会生老病死的，而精神的我则可以长存。

我们都很怕鬼魅，对地狱心存难以言喻的恐惧。我自然也很怕鬼，绝对不想见到鬼魅。只是换个角度想一想，有鬼有地狱不就表示我们死后，有另外一种状态的存在？死或许不是一切的终结，而是另一种形式的延续，那不是很好吗？有时候真的宁愿相信有鬼，那么心中有什么想说的话语，就算人已不在，也还可以自言自语，仿佛在某一个次元，他在聆听着。

这几天心血来潮，拿起小张的水彩画纸，以纯手绘的方式，完成几幅小图。由于手边没有正规的绘画材料，就取巧以黑原子笔勾勒线条，以仅有的水彩铅笔上色。开始技巧有些生疏，毕竟以电脑作画多年，早已习惯个中繁杂的步骤。在纸上作画，一切归零，虽不至于战战兢兢，却也不免在下笔时有些许踌躇。电脑绘图允许一再修改，层层叠叠加工润饰，纸上手绘就没这样的方便了，一旦下笔有误，即是永远的疙瘩，成了烙在纸上除不去的印记。

然纸上作画，还是有不一样的满足感。而那种满足感，倒不是因为完成的作品如何完美，刚好相反，正是由于画作存留的，无法剔除的不完美，反倒更为难能可贵。日本传统的审美观，深受禅宗的影响，逐渐形成以悲为美的态度。进而，一切的不完美，如枯的、破的、粗的、缺的、少的、无的、不对称的、不饱满的，才是生命的真实，才是自然最美的诠释。保留手作的痕迹，把生命状态的不完美转注到作品之上，仿佛才能彰显一种人性，仿佛作品也会生老病死了。

我现在纵使佩戴老花眼镜，握着笔想勾勒细微的线条，都有点困难了。电脑可以让我画得很细腻，纸上手绘却没有无限放大的功能。下笔误，无法undo，也就只好学着与局限共存，与笔误同处。每一笔在纸上都是一个印记，不可能每一个印记都是完美、准确、理想、无缺的。从全局观之，局部的不完美、不准确、不理想，略带缺陷，其实真的无伤大雅。人生不也如此？当银幕上打出“剧终”二字时，回味此前兜兜转转的故事，就算中间败笔无数，只要大体上活得还像个人样，不也就够了吗？

狮城无处不诗画

每个时代都应有该时代的创作语言，例如唐有诗，宋有词。我还记得20世纪80年代的新加坡有新谣，只是现今呢？如果找到自己的创作语言，那么你活着就不会只是为了呼吸、吃饱和睡觉了。

▼
▼

偶尔在脸书上会收到挺有意思的转帖，例如“Earth without art is only eh……”。人类生存的地球，若是缺少了艺术，何止平淡乏味，简直乏善可陈了。

有趣的是，一般新加坡人的言谈的确是乏善可陈的，你说他们英语强吗？也不见得。要他们用母语表达想法，就真的只剩下

“哎……”了。之所以乏善可陈，表达别扭是一回事，言辞空洞那才是致命伤。我们光鲜的外表下，文化认同是愈来愈模棱两可了。

小时候看黄梅调电影，总无法明白，怎么古代人没说上几句话，就开始咿咿呀呀地唱起来了。本可简短三两句话便交代清楚，却偏要扭扭捏捏九曲十八弯地来上一大段唱词，若没足够耐性早就急疯了。说得条理分明漂亮到位已非易事，还得脱口成诗吟唱成调，不是天方夜谭是什么？然而在古代中国，那不是天方夜谭，因为诗词歌赋本就是中华文化的基调。黄梅调电影不过是将古人视韵文创作当家常便饭的特点，加工美化罢了。

在美国进修的朋友通过脸书推荐中国杂志《南天》的网络版。杂志做得很用心，网页设计得简洁有品位。点击视频的链接，看了杂志在北京星克书店举办的交流会，名为“诗歌80年代回顾”。与会的3名中国诗人走过了20世纪80年代，而今已是壮年，抹着几许沧桑，吟咏岁月炼铸的诗。很难说当代的中国到底还留存几分诗的基因，但至少中国曾是不折不扣的诗词大国。若他们真想复兴诗词传统，就如同中世纪晚期意大利继承古希腊的人文思想那样，他们的根本还是很雄厚的。反观我们新加坡，我们要文艺复兴，复的又是哪家哪户的文艺呢？

有人问我如何形容自己的作品风格。虽然近来积极创作儿童绘本，然而我真正热爱的却是极短篇，短至只有单幅的绘图，搭配寥寥数句的文字。我不敢自诩为画家，我画的只是平易近人的小插画，若这些图文可以归纳为一类艺术，那不妨称之绘文体。短小精致，凝练饱满，沿袭自古以来的东方艺术审美，如绝句，如小词，如元曲，如明清散文，如日本俳句。

在作家节的分享会上，我和老同学椰子畅谈绘本创作。我们相识于华中，当年是首届特选美术课程毕业生。人生兜了一大圈，不想竟然在英国大学不期而遇。那年我们约二十名男生，而今依然与美术扯上边的已没有几人。这些年来，不知每一届的特选美术学生都到哪儿去了？又有多少还在坚持创作？

《南天》在书局举办的诗歌雅集还是令人向往的。虽已不复大唐盛况，仿佛任何人皆可信手一挥，人生大小事都能入诗。但这已是我的莫大奢望了，奢望有朝一日狮城无处不诗画，国人都有怦然的心，在灵感乍现时，作一幅小图，填几行韵文散文，把艺术活在生活里。但看现下一般国人词不达意的谈吐，再看教育当局对语文只求实用沟通的标准，这真的就只是个奢望了。

摸索着绘文体的道路，一个人，真不知还要走多久。

静交流

我的确很迷恋“静”的状态。静，不是完全没有声音，而是没了不必要的干扰，让你可以回到内心，同自己无声对话。学会和自己对话，是每个人每天应完成的功课。

那天，到艺术之家视察展览场地，朋友随口提出一些文字上的想法，围绕着“静”字信手拈来一串的词组，作为策展的创意思考方向。当朋友说出“静交流”一词时，我特有感觉。

时值岁末，午后经常多雨。阴霾的天色让思绪格外潮湿。成长阶段，常会在下雨的夜晚不舍得入眠，因为文思总如宣纸上的墨色，渲染开来一发不可收。静静听着雨声，时而大时而小，那是一种有声音的静。静就是一种声音，如打落在芭蕉叶片上的雨点，或是梧桐，或是残荷，格外的响，也格外的静。不知俳人松尾芭蕉，可也如是认为？

忘了中学哪一年级，从课文上读到“松涛”一词。那可不得了，深深烙在脑海里，简直浪漫到极致。这么多年了，我还在寻找成片的松涛、树涛声，那会是多么的壮观，用一种声音的力量，把整个空间都填满，一浪又一浪，风与满山枝叶鸣奏着令人叹为观止的交响曲。那，也是一种静。

我对静有种迷恋，因为我迷恋发呆，发呆一直是我生命的养分。有些声音会让我情不自禁坠入沉思，那就是我所渴望的最理想的静。我很怕吵，怕到近乎吹毛求疵的地步，些许干扰的杂音会打乱我的思绪，会让我想逃，逃不开就会很毛躁。但逃不开本来就是人生的本质，正如我们偶尔可以发呆，但更多时候，还是得回到现实。

岁末总免不了俗，回顾过往的同时，也展望来年，为自己列出清单，所谓的resolutions。还记得准备前往英伦的那个年末，在部落格上，给自己列了一串的未来计划。不过眨眼，现在就是当年的未来了，有些计划已逐步落实，如出版绘本；有些也有了眉目，如办展览。再过数周就跨入新的一年，我将在艺术之家开办首次个人插画展。在构思展览主题时，也不做他想就决定了“静”的方向。先有了“The Colour of Silence”，再回过来选择中文“静色”二字。

办画展我毫无经验，当初答应邀约，满心期待，正式着手筹备，竟然一点头绪都没有。时间紧迫，一边筹集经费，一边寻求支援。幸得不少新知旧雨鼎力相助，硬着头皮进行，总能做出成绩。

静交流，会是怎样的一种交流？心、眼、神会，不落言筌！之所以特有感觉，是因为当刻他提出来时，我隐约就浮现两种解读，可以是升华的，也可以是无奈的。当彼此心有灵犀时，自然不言而喻，默契就是一种静交流。相反，若彼此已陷入无言以对的窘境，交流已失去了言语，那一种静就是一潭死水，再也不见粼粼波光。

画了这么多年的插画，若不算儿童绘本的图，在其他的小画里，总不习惯给人物画上嘴巴。他们总是在发呆，不然就是垂目，若有所思。原来静一直都在我的画里。

黄大哥
那几行字

你生命里是不是也有一个素未谋面的黄大哥？而你有没有可能也成为另外一人生命里的黄大哥？

▼
▼

忘了当时画的是什么金鱼图了。那时六岁，刚搬了家，脑细胞如初春枝头的灿烂繁花般怒放，一发不可收，拿起笔来，就开心地临摹任何身边吸引我的图画。确实如此，六岁前我对画画是毫无意识的，六岁后我忽然就萌生了画画的冲动，也不需要人教，也根本没人能教，就像鸟儿羽毛一旦丰满，自然渴望遨游天际。六岁那年，我基因里的密码组合启动了画画的本能，这一生就此与绘画结下不解之缘。

开始作画都是靠模仿的。印象最深刻的，就是母亲用来装针线的大白兔奶糖铁盒，雪白的大白兔，跃过几朵鲜红的野蘑菇，我照着画，心满意足。当然，还有交给幼儿园老师的那幅金鱼图，也是临摹抽屉里挖出来但印在残旧皮夹子上的图案。不想这样的小图，竟然吸引了某个人的目光。某日，老师交给我一张书签，正面印着力争上游的三尾鱼儿，背后用蓝色钢笔写了几行字。也不晓得是怎么回事，拿回去给家人看，姐姐才说是某个黄姓大哥，喜欢我的那张金鱼图，索了去，回送书签，祝福我学业进步。

那是20世纪70年代末的事，不算久远，怎么却有几分朦胧的传奇色彩？有点眷念那个年代，互送书签，遥寄卡片，不靠打字，而是手书几行寄语，仿佛把自己的呼吸注入笔迹里，一张平凡的纸片，就此活了起来，温暖着收件人的心。现在我们都不写信了，我们都逐渐淡忘，用书写的文字慢慢填满彼此间的距离，是多么实在而浪漫的生命美学。现在我们也不互送书签了，甚至连书签究竟为何物，恐怕年青一代也不太在意了吧？

但我就是有一点食古不化的。我们不写信，手写明信片总还可以吧？数周前，配合我的工作坊，特地创作了一张布布怀抱大熊猫的小图，并将之印刷成明信片，打算送给参与工作坊的小朋友，留作纪念。而刚好又收到报馆送来的“话中有画”绘本创作亲子组参赛作品，每一本小书无论程度如何，都是小朋友用心之作，应当给予最大鼓励。于是就萌起给所有参赛小朋友手写明信片的念头。

我希望所有参赛的小朋友，都不要忘了画绘本时的快乐与满足。

因为这份快乐与满足，是你的，别人拿不走。把几句简单的鼓励话语寄过去，我早已不是当年六岁画金鱼图的小孩子，原来我们都可以是某个孩子生命里的不相识的“黄大哥”。

黄大哥的书签这么多年来还留着，都已经泛黄了，他那一手蓝色钢笔繁体字，流露着20世纪70年代末华校生的俊逸，有一股飞扬的气势。我不知道他是谁，为何会到幼儿园要了我的画，我们根本没碰过面，生命不曾真正交集，但黄大哥那几行字，却如同陌生的老朋友，住进了我的生命；只是不知我的那幅金鱼图，而今是否还在他生命里悠游？

在小宇宙光着左脚

我始终相信船到桥头自然直，也从没怀疑过天无绝人之路的说法。什么事都好，只要肯动手做，必能有一定的成果。

▼
▼

人生能有多尴尬呢？小时候，曾不止一次梦过这样的窘境，我走在大街上，身旁都是路人，停在大马路边，等着交通灯转绿。众人不约而同斜眼望向我，露出不可思议的眼神。怎么回事呢？原来我上街忘了换掉睡衣，还紧紧搂着抱枕。那一刻是私领域的我与公领域的我颠倒错置，那种尴尬其实吐露成长阶段中，每个人必定历经的不安与无措。

今早雨后微寒，习惯拎着电脑外出打稿，先到咖啡店买咖啡。店员泡好了，才察觉身上没有现金，只好连忙道歉匆匆离去。没咖啡无法写作，兜了好大的圈子才找到提款机，如愿买到热咖啡，再兜去寻找理想的打稿地点。沿途潮湿，左脚鞋底竟然不给面子，整片脱落。卡在半路上，一手提着电脑，一手拎着雨伞咖啡，刹那间进退维谷。把心一横，决定光着左脚继续上路，路人都很有默契，只偷瞄一眼，经过我身边，很礼貌地不当一回事。我相信人都是有好心肠的，不忍落井下石。

这样一件微不足道的尴尬小事，却在片刻间于我脑海得出四种结论：

一、原来我身上真的残留属于老一派的作风。说得好听是我节俭是我恋旧；说得不好听，是我懒惰是我随便。我真的是个很随便的人，凡事要求都不高，这年头会把东西用到残了、旧了、破了、坏了才舍得扔舍得换的人，应该为数不多了吧？这种不合时宜的价值观，只适合我这种活在史册里的异数。

二、塞翁失马的道理是真的，老天不会绝了你的道路，能否柳暗花明，决定在于自己。画小图时，脑海里毫无概念要配搭怎样的文字。今早出门时，一路上还在为文稿发愁。不想老天竟然帮了我大忙，给我安插鞋底脱落的小插曲。人生处处有风景，我不是个特别达观的人，有时候会钻牛角尖钻得有点失去理智，很是痛苦。但人毕竟还是有求生的本能，一方面把自己困住，一方面又会给自己寻觅出路。每件事都有两面，正如每一秒我们都在活着同时死去。我们之所以有两只眼睛，就是要看清左右正反，当一只眼看到了绝望，还有另一只可以寻觅希望。

三、人的存在多少是一种孤独的状态。没有另外一个人有绝对义务来搭救你，无论身陷怎样的窘境或逆境，都得自己咬紧牙关，甚或厚着脸皮度过去。光着左脚勉强来到公园旁的小亭子，懊恼着打完稿该如何走一大段路回家。本想找人求助，但又不知该找谁。公园偶有路人，风吹过扶疏的林木飒飒作响，雨后苏醒的林鸟此起彼伏地鸣唱。是我选择来到这宁静的角落，自己的选择我自己负责。

四、为什么光着脚在外行走，会让我感到尴尬？私领域的我犹如活在自己的小宇宙，搂着抱枕，搂着绝对的安全感，那里没有外在的价值判断，只有真诚自我的本来面目。公领域的我是不属于自己的，在公领域，我们只是社会的一枚棋子，必须按照游戏规则前进后退，过于特立独行，就会打乱秩序，成为众矢之的。但人不可以完全只是一枚棋子。每一个人都是与众不同的，我们都要为自己的特立独行而骄傲；我们都需要有个小宇宙可以回归，可以去活出自己的价值。

活过，到此一游

从生到死不过一瞬间，还有什么比真正活过，更为重要呢？

烟霾初来袭那一阵子，我的身体起了一些小变化。开始以为是遭蚊子叮咬，后来越发扩散，连日痕痒难当，周身爬满一大片一大片的红疹，如地图，蔓延成等着哥伦布来发现的新大陆。

小时候常起风疹，数十年来不曾复发，不想忽然又来袭，防不胜防。看西医打了针不见起色，看中医扎了针灸，大陆才逐渐沉没，消失成亚特兰蒂斯；只是偶尔一觉醒来，还是会有零星小岛陆续冒出，不去理会，数小时后自然就会没入海平面。

是过敏还是吃错东西或是抵抗力功能失调？总之这副身体一旦犯了毛病，不一定就能找到病因，这是多么不由自主，是多么不听使唤，就如那恼人的烟霾，不想它来袭它偏铺天盖地将你我吞没，打乱一切规律，又能耐它如何？换言之，人一旦病了，才会明白我们从来不曾实质上真正拥有任何东西，朋友、爱人、至亲、事业、荣誉、权力，包括这副身体，甚至是自我的意识。若是真的拥有，又怎会难以操控，不听使唤呢？

我们都是身体的奴隶啊！幸好周身起疹那数日正好是学校假期，可躲在家里养病。无事就上网胡乱看些片子。恰巧的是，找到一部美国的连续剧，剧名为 The Big C，已来到第四季。大写的字母C，指的就是癌症cancer。剧中主角正是罹患癌症的中年女教师，健康亮起红灯顿时让她措手不及，得知生命已所剩无几自己却无能为力。人生一帆风顺根本不是必然的，当突如其来的状况将所谓的规律打乱时，美好的计划，远大的梦想，在迫在眉睫的死亡前，是否还存在意义？

前几季我没看，第四季一开始，主角被迫辞去教职工作，一怒之下，通过校内广播向全校宣泄内心的愤懑，对人生的怀疑，以及对死亡的恐惧，甚至不忘慷慨激言，激励学生要把握生命活出自我。那一刻，她无比激动更无比自豪，她感觉自己就如正义使者，焕发耀眼光芒与温暖能量，全校的目光都汇聚过来，看她如何向命运宣战。只可惜，没有人是真正的强者。回到家里，病魔还在，死期依然，面对现实她还是脆弱的。

第一集有个小情节，主角的宠物狗死了，他们一家想给小狗立个墓碑，却苦于不知该写什么，才对得住宠物的一生。或许在她看来，就算是小狗的生命，也不该是草率的，就算只能三言两语，三言两语也应该够分量够庄重够独特。毕竟，每一个生命都与众不同。

如果由我给自己立个墓碑，碑文我会写些什么？我有点懒，不然就以生前一幅小插图替代文字，那也不错。再不然就干脆一些，只写名字就好，无须太多冗言赘语，如当年在京都落柿舍所见俳人向井去来的墓碑，只刻草书去来二字。

女主角最后在小狗的墓碑上，只在名字的后面，加上一个字：lived（活过）。确然，谁不曾活过？该看的或许都看了，不该错过的或许也错过了。如果真的要在名字后边加上一些字，那就让我写：阿果，到此一游。人生是个好大好大的主题游乐园，你我的主题都不同，谁都只是到此一游罢了。重要的是，尽兴而归。

人生
六分之四

再怎么计算，我的人生应该都过去一大半了，接下来还剩多少谁晓得？或许三分之一，或许五分之二，或许更少。这不是悲观，而是提醒自己。

▼
▼

那天，忽然很无聊地掐指一算，这一生应该会度过几回龙年。若无意外，至少也该有五六回吧？每一回相隔十二载，仿佛好长的一段年月，然不知不觉已来到第四回了。天界蟠桃三千年开一次花，三千年结一次果，苦苦等待六千寒暑，却不到数分钟即可啃完一颗，化为乌有。这数分钟的满足究竟是为了什么？

已经长大成人的外甥女，上周五提起小时候的软毛玩具“小绿白”，问我可否记得。我长外甥女十六岁，是她孩提时的大玩伴。从旧物纸盒里掏出一沓画本，扫去薄薄的灰尘，逐页摊开，是1992至1994年的素描。那时外甥女四五岁，圆圆的好可爱，我喜欢用画笔记录她午睡时的各种怪趣模样。小绿白是一只玩具恐龙，其中好几幅素描，正是小绿白陪伴外甥女午后入眠。近二十年前的旧画作，外甥女从画纸走了出来，四五不是当年的小女孩，小绿白也早已不在，化成小主人童年的一抹记忆色彩。

隔一天，收到许久没联络的朋友的简讯，她发来一则图像，是我好多年前涂鸦给她的，同样问我可否记得。我已印象模糊。我们相识于三十岁前，十来年一晃而过，得知她寻得人生的幸福，很替她高兴。轰轰烈烈的阶段已经走过了，总想与众不同，总想特立独行，总想濯足清流，谁不曾自命非凡？只不过当振衣千仞岗的身影悄然远去，望着万里苍穹云卷云舒，茫茫天地可曾为你而不同？这时才会逐渐明白，不轰轰烈烈，不慷慨激昂，一切平凡原来是活着难得的幸福。

当然我并没刻意期待龙年，每十二年一个轮回，并不代表什么。倒是想起几年前那部武侠片《剑雨》，想起影片中的石桥，每踏一步仿佛都是五百年的风吹，五百年的雨打，五百年无怨无悔的期待，只是那人经过了，又将如何？我更想起席慕蓉的诗《一棵开花的树》，在佛前求了五百年，只为了结一段尘缘，化为一棵树，开最美的花，以颤抖的绿叶，在路旁殷勤守候，只为那人经过时一次瞬间回眸。我们都为许多事情而执着，不知执着上一万年，是不是就足够？没得到的，或是已失去的，格外让人揪心，只是我们忘了今生手中握着的，那又是什么？

五岁第一个龙年，告别了乡野的童年时光；十七岁第二个龙年，踏入了黄城的青涩年月；二十九岁第三个龙年，内心闪过即将三十的忐忑；而今四十一岁第四个龙年，望着粼粼波澜只求风稍稍停歇，还水面明澈如镜，等一只雁飞渡，等一片云流去。年少气盛时是没有平凡的。而今人生进入六分之四的新阶段，绕了一个大圈，倒希冀生命平凡就好。

如果人生还得完成六分之二的旅途，就让该来的来，该走的走。新春借小图沾点喜气，盼小金龙捎来好彩头，愿你我龙年平凡安康。

只能放文字自由

一个习惯孤独的人，必须学会同画画或者音符或文字做朋友。创作总是在孤独中完成的；创作也总是从孤独中寻找养分。不创作的人，永远不懂得孤独的可贵。

▼

▼

那一夜凉风殷勤，乱了身旁一片婆娑的树影。半个皓月点不亮夜空，独照一缕流云，骤然随风横空飞去。风仿佛将一切吹走，也吹走了过多城市的光害，人生需要一些幽暗与宁静，在幽暗与宁静中回归内心。

我在月下任意弹奏内心的一片江湖，指法凌乱地复习着*Leaving on*

a Jet Plane。上了几堂课虽依然对C、D、G和弦很生疏，然在不流畅的韵律中已能逐渐摸索出片刻协调的节奏。如果生命能有瞬间的美好，有风有月有疏影有自己的音符也应当算是了。

虽没有倚剑没有长啸，没有举杯没有起舞弄影，然谁心底不隐藏一股不羁的豪迈与侠气？策马江湖的孤旅是浪漫的向往，彳亍人生的孤旅却是难以名状的况味。那天在网上听蒋勋谈生活中的唐诗，聊起谪仙李白的《月下独酌》，说那是洒脱中的孤独感。贬谪凡尘的仙人注定是孤独的，没有同类没有知音，只能以明月为伍以清影为伴。但有谁是不孤独的？王维穿越千年的啸声，当时不也只有幽篁听过只有明月听过？子昂幽州台上的泪光，除了悠悠天地又可曾有前人见过来者目睹？

愿意耽溺孤独，以孤独酿出最酸楚烈酒般生命的是疯子，因为疯子的内心世界，是最不为人所理解所认同的。而往往疯子才是哲人才是文人才是艺术的生命体，越是疯了就越是清醒，越是清醒就越渴望长醉，醉了就不疯了。没人是愿意发疯的，但这世上总是得有人担负起无人理解的疯子角色，这无关选择，是责无旁贷的使命，就只为了发疯而走这一趟孤旅的生命。

有的时候，会很莫名地感觉很孤独。总有千言万语镌刻心底，纵使刻痕渗出血丝，也只能独自默默让伤痛结疤。有些话是不能够说出来的，有些是不知道该怎么说，又有些是不晓得能说与谁听。天地浩瀚，人生如寄，多少伤心事，萧瑟为谁吟。

或许啊，就只能放文字自由了，却放逐不了自己，在生命的孤岛上，我不是可以放洋远去的风帆。守着孤岛直到老去，化为了尘土，三分随风浪迹天涯，七分留待机缘，若是有幸，愿成就一朵花的春天。

大半辈子上下求索，却求不出个所以然来。我是上辈子太懒散了，这辈子注定慧根不足，只得一世苦苦追寻，纵使徒劳，也只能在徒劳中，体悟原来这就是人生。

第四堂课学了*Leaving on a Jet Plane*，第八堂课将学弹*In My Life*。或许到时候，当我掌握了所有和弦的指法，我就可以不必言说了，也不必吟唱了，在自己孤旅的江湖，让音符拼凑一遍遍的*In My Life*，找回今生曾经踏足的每一个地方，找回还健在或已离去的友人与爱人，给荒草，给晓风，给残月，给平野，给星辰，给再也听不到的钟声，给缥缈天地间的那一只沙鸥。

来时宇宙，去时宇宙

人很渺小，宇宙很浩瀚。我们总以为自己在某个国度里；人与人，国与国相互比较竞争。实则，从宇宙的高度回看，人在哪里？国在哪里？地球又在哪里？

▼
▼

星期六夜完成小图时，脑海中隐约已有概念想搭配怎样的文字。隔天一早翻报纸，见国庆特辑，才猛然察觉专栏见报时正好为国庆前夕，按理应来些应景的图文，聊表心意。奈何图文构思已定，且内心当真无特别激情，也无须借此版位，勉强凑足无关痛痒徒有其表的粉饰性文字。

这样的开头确实大煞风景，扫的倒不是为国家庆生的兴致，而是有点打乱为本来想书写的内容所酝酿的情绪。我是想谈去来的。何谓去来？是人生的一种领悟，也是一个我忘不了的名字，俳人的名字。

忘了那是多少年前的事，应有十来年了，当时因迷恋日本的浮世绘版画，进而在翻阅查找图文资料时，开始接触日本的古诗体俳句。松尾芭蕉、小林一茶、与谢芜村、正冈子规，众多代表性俳人的作品囫囵吞枣地饥渴涉猎，一口气买了好几本英译的俳句书籍，摆在书架，搬家时也不舍得扔。后来独自踏上日本背包游，一心只想到京都以及北海道最北端的礼文岛。千山万水抵达北方孤岛，一小时受困茫茫风雪，只留下天地荒凉的印象，那也满足了。京都则好，在嵯峨野岚山附近，我来到俳人去来的茅庐落柿舍。在庐舍后山拜谒了俳人之墓，墓碑是一块未经打磨的自然石头，上方只刻有简单的草书“去来”。回国后还写了一篇游记《风流园墓》，可惜剪报不知去处，忘了文中写了些什么。

向井去来，三十四岁拜入芭蕉门下，成为“蕉门十哲”之一。记得去来，就因去来二字。那天翻蒋勋谈宋词一书，引“无可奈何花落去，似曾相识燕归来，小园香径独徘徊”。霎时间，去来又浮现脑海。去的是花，花本有开落；来的是燕，燕自有归期。见花落去难免忧伤，见燕归来则添喜悦，人生本就如此，自是一趟的来去，而当中，何尝不是几多来来去去，几多悲喜交叠？半阕北宋小词，寥寥数字，晏殊却道尽生命本质。痛苦到来时，苦痛必然也会过去；欣喜到来时，喜乐同样也会过去。人生是公平的，总会柳暗花明，一旦时过境迁，就会明了原来一切仅是旅途中留不住的风景，而旅途终究得独自一人上路。

除非风起云涌，我们一般难以察觉浮云的流动。看似不动不变，实则悄然地来，又悄然地去，唯有静观方能领略浮云的迁徙。我们不是孔明，请不动风云。我们只能静观，云不会为你我而飘来，而停留，而远去。

明天就是国家四十七岁生日，忙着讨生活，虽无特别感动，然今生得以于岛国土生土长，也是难得缘分。我这一生，来时在岛国，去时或许也会在岛国，又或是不知地球上的哪片黄土，那也不重要了。有一阵子，曾经幻想今生如浮萍，在岛上寻不到根，很是沮丧。说到底，我们都只是花一辈子在寻觅情感需求上的一种belonging，找到了，就只是让日子好过一点罢了。逆旅总有尽头，来去不过一瞬，你我来时宇宙，去时宇宙。

用泪水来平衡

偶尔哭哭，偶尔笑笑，这没什么不好。有笑有泪的人生，不是显得更完整吗？

▼

▼

前个周末，住家楼下上演了最不可思议的尴尬状况。对面组屋底层正举行佛教丧礼；而组屋之间停车场的顶层花园，却是印族婚礼。两项仪式一高一低虽隔着两层楼，却是并排的，加上场地不封闭，当丧礼的佛经念诵与婚礼的宝莱坞舞曲同时响起，在那一个多小时的悲喜交响中，肃穆、狂欢、悲伤、喜乐、希望、绝望混乱交织成一体。

人生不协调的荒谬本质在当晚的夜空里，格外刺耳，格外赤裸。

刚过去的星期五，受邀到某所学院与攻读产品设计的学生分享心得。一踏入工作室就感到亲切，在英国大学的工作室也是如此，一排排的长桌，学生随意而坐。桌面上铺满草图、画册、样品、计划文案，气氛热络而非吵闹。若有校外讲员过来分享，学生就拉椅子围坐，随性中激荡巧思。

由于病了几天，带着沙哑的嗓子勉强上阵。老实说，我从事的文字插画创作，与产品设计根本沾不上边儿。负责讲师原本让我从诗画的角度切入，而我选择最直接的做法：挑选主题系列的新旧作，借由插画中视觉意象的模糊性与多义性，开拓解读的种种可能。

之后随意浏览了一些学生展示的作业。其中一名小女生在杯口钻一排小洞，还打破水平切割的定律，将另一个杯口斜切，借此点出杯子永远无法注满的遗憾。她还给我看她父亲年轻时在北京六四时期写的诗，以端正的笔迹誊写在她的笔记本里，看得出内心对父亲的崇拜。女孩说要向父亲学习，今生要活得不留遗憾。

我笑说，遗憾在所难免，留有遗憾的人生，未必不好。其实杯子本就不该倒满，过满的杯子容易溢出，喝起来反而得小心翼翼，无从随心所欲。上苍给了你微笑，也必定要给你泪水来平衡。后来想想，其实我们生而为人，何尝不就是一种遗憾呢？是谁决定我们来到这世界，来到这交响着生与死、乐与悲、成与败种种不协调杂音的荒谬人生？但与此同时，正因有这种种泪与笑的不协调，人生反而更显得美好，不是吗？不尽完美本身就是完美；彻底美好反而就若有所失了。

上苍也的确赐予我许多，却也剥夺我不少，这叫公平吧？至少他让我有幽微善感的心，通过文字图画来抒发任何纠结内心的痛与不安，单就这一点我已很感恩。这些年来，我重新画画，逐渐地习惯用图取代文字，来梳理生命中的悲喜。我学会用审美的角度来解读遗憾，把遗憾提炼成打动人心的艺术作品，将原本个人内心的消极升华为与众分享的积极。

不见双人跷跷板，独有单人秋千的游乐场，在深夜为谁照亮？如果由我来设计灯泡，我希望能有那么一盏灯，在暗夜里为孤独心灵，点亮一朵星光。当然我是产品设计的门外汉，那天分享会也没具体谈些什么。但我想，每一个设计师除了基本的实用与审美两大价值外，若还能在设计中注入感动人心的人文价值，那也算是挺完美的了。

等一等

印象中有一首歌叫《等等》，什么都等一等，笑别笑得太痛快，哭别哭得太痛快，爱别爱得太痛快，恨也别恨得太痛快；凡事都有个回旋的余地，或许就能等到不一样的天空。

等一等，或许就可以开出一双翅膀，背对阳光透着星星一般闪烁的光芒，可以让一切都轻盈一些，让人生也悠然一些。

我是个怪人，晚上10点就要熄灯就寝。过了10点，我会昏昏欲睡，仿佛如同一道神志关卡，一跨过去就会法力尽失，整个人溃不成形。其实我从小就一大堆怪毛病。例如有一阵子，我会不由自主地用力眨眼睛，眼帘如同惊慌失措的蝴蝶翼，拼命拍打，或是如同机能失控的含羞草，神经质地连续开合。原本还不自觉的，直到母亲责备，才对眨眼一事高度意识，只是越在意就眨得越用力。后来我强迫自己不许眨眼，结果忍得泪都涌现。

再来，我从小鼻子就极为敏感。或许说是脆弱更为准确。我怀疑有恶人对我鼻子下了咒语，只要轻轻一碰，鼻孔就会鲜血直流。可以这么说，我流鼻血比流鼻涕次数还要频繁，简直到了家常便饭的地步；一碰，就流血，一碰，就流血。母亲早已训练有素，处变不惊，只要我鼻孔出血，她就会出动标准应变程序：首先塞棉花；再来垫高脖子让头往后仰；最后是湿毛巾敷额头。约莫几分钟，鼻血自然就会停止。我长不高长不胖，或许跟小时候失血过多脱离不了干系。

我的另一怪毛病，就是怕见生人，怕到什么程度呢？有一回父亲在家里接待朋友。我一听到客人到来，怕得躲进厕所里，怎么都不肯出来。客人坐了多久，我在厕所就躲了多久。父亲来敲门，我打死也都不出来。

这就是一种自闭。换作现在，或许父母就会拉我去看儿童心理专科，然后给我的古怪行为诊断为某某障碍症或综合征。也不知是幸或是不幸，反正我就是这样活过来了。现在也不乱眨眼了，鼻血也几乎不流了，只是自闭的个性总难以完全根除。我还是不喜欢人多的场合，人一多我会不自在。开车亦然，车一多，我就会很烦躁。所以我必须早睡早起，趁天还是漆黑交通还未拥堵就上班。这算是一种规律，或是一种病态呢？

或许正是为了避开人群，我也养成了急躁的个性。凡事快手快脚，做完之后就立即躲回自己的天地。走路也急，吃饭也急，开车也急，有时候连脾气也急。当快与急成为生活一种理所当然的惯性节奏，理智难免就会落在后头难以追上，换来的很可能就是后悔莫及。

我有太多的后悔莫及，开始时会很痛，随着时间的推移虽说能抚平，但总免不了会结成疤，结成叫作遗憾的疤，像一个个的胎记，有些醒目有些模糊，总是要跟着你一辈子的。

真的也许，我该学着凡事都等一等。在这等一等的片刻间，不让自己太过急躁，也让理智有赶上来的时机，把该说的说好把不该说的永远收回去。在这等一等的片刻间，呼吸，然后观照，尝试弄清楚一切的因以及可能的果，这么一来就不会遍体鳞伤了。

只是道理懂得是一回事，付诸实践是另一回事。谁又不是这样呢？

若舟上
有你有我

所谓知己，知的也是有个限度的。没有一个人能完全懂你，完全懂你的其实就只有自己。

一叶扁舟，在江湖上。苍茫无垠，何处靠岸？若舟上有你有我，听同样的秋风细雨，观同样的粼粼波光。鸿雁飞渡，目送孤影，没入同一个方向。然你的静默中有你的思绪，我的无言里有我的感触。只能把彼此藏在寂静里，靠得很近，距离好长。

现代人对诗词已经不那么敏感了。甚至诗词之间有何差别，也说不上来。反正只要是唯美感性富音乐性的长短句，就是诗就是词了。多可惜啊！我的个性是较多的词较少的诗。自古诗言志，词则用来抒发幽微委婉隐晦的情感。情感多是剪不断，理还乱的，越是想要说明，越是难以说清。个性使然，我总有太多无法言语的情感埋藏心底，无法直说，因为一切要是说得太白，就会戳破人生梦幻的泡沫，这是自找的、无可救药的多愁善感。一个多愁善感的中年男子，还没从梦里醒来，一点都不可爱，一点也不可靠。

那天收拾储物箱的旧杂物，一大堆的旧卡片旧信函。这年头都不寄卡不写信了，逐一摊开细读这些十多年前旧相识的来函，多少早已失去联系，文字中细数着当年何等牵肠挂肚的执着，往事历历浮现，过眼就成了云烟。我们毕竟在文学院待了四年，在古诗旧词堆里沾染了几许流水落花残荷听雨，某友人在信中引了一首清词，是朱彝尊的《桂殿秋》：共眠一舸听秋雨，小簟轻衾各自寒。霎时，仿佛回到当年讲堂课上听叶教授谈清词谈人生。

船在文艺中承载了太丰富的意含。澳洲绘本作者陈志勇 Shuan Tan 的 *The Red Tree*，封面就画了一只纸帆船，一条孤魂靠在船上，默默望着水面上的一片红叶。从古老圣经的挪亚方舟开始，船与生命就紧系在一起。客舟羁旅，漂泊江河，它不单承载生命，更负荷浓得化不开的人间聚散。朱彝尊与小姨相互爱慕，因有违道德伦常，只能深埋心底，无从表露。某年逃难，二人虽共处同一船上，却只能各自彻夜听着愁人秋雨，各自忍耐袭人清寒。一首简短的爱情小词，却启发人生多少的联想与感动。在人生这一艘船上，迎面而来的多少风雨和苦难，纵使有你有我共同面对着，但那彻骨的清寒，毕竟也只能由自己独自来承担。

或许人生就是一面风雨江湖，你我是湖上点点船帆，偶尔聚首，偶尔分散。就算修了百年得以同舟共济，在那一段短暂的共度旅程，你思索你的方向，我牵挂我的远航。或许人生就是一段自渡的航行，在欸乃声中，偶尔会绿了山水，偶尔会迷了津渡。吟一阕摆渡人的歌，在天地之间，无边回荡。

你有你的清寒，我有我的清寒；在这生命旅途中，我给不了你全部的温暖，你给不了我所有的光亮。这就是人生的本质吧？内心深层的暄凉，终究只有自己明了，旁人无从为你分担。如人饮水，冷暖自知。生命终究是孤独的，我们都只是汪洋中的一条船。

17 对照
42

我有个朋友，天生没有嗅觉，什么味道都嗅不出；但奇怪的是，记忆力却是朋友圈中最强的。她少了嗅觉，却多了记性。所以我相信，没了什么，就等于有了什么，因为老天是公平的。

▼
▼

席上，他们试图厘清照片是何时拍的。如果是在刚接棒时，那怎么某人不在？如果是在交棒之后，那怎么某人会在？我什么都记不得了，原来的一些细节，某人曾离开，因何要离开，竟然于我一点印象都没有。曾经发生过的许多事情，我不记得了，仿佛就等于不曾发生过了。不得不承认，我的健忘症越发的严重。

那天一早到学校备课，打印讲义，整理教材，忙了几个小时后匆匆前往讲堂，等候时却不见学生，才开始怀疑是否记错课程表了。果然，那天上的是华文媒体的辅导课，非中文系的讲堂课。匆匆忙忙赶往另一方的课室，一头的雾水一身的汗，备好的讲课内容派不上用场，只好临场发挥。之前一周，我大清早摸黑抵达学校，来到办公室才记起又落了电脑在家。我的健忘已成了一种习惯，或许会带来生活上一些不便，甚至他人的误解，但我没办法记得太多的东西。如果真能忘记，如雁渡寒潭，雁过而潭不留影，也不泛起波光涟漪，那就可以一身布衣，纵使沾惹了仆仆红尘，拂一拂衣袖，也就行了。

记忆可以自欺欺人，我们选择性地记住一些人事，一些本就该忘记的反而怎么也忘不了。聚餐后，我们特地按着十七岁那年拍的群体照的位置，重拍一张四十二岁的合影。相隔四分之一个世纪，两相对照，岁月历历在目。我们总喜欢说我们没有改变，但我们都心知肚明：什么都变了。没有一个人能永远停留在某一个时间点上，纵使是良辰美景的青春，也必然稍纵即逝，只能感叹奈何天了。谁的十七岁，不是只有三百六十五天？而我们的 四十二岁，剩下的还有多少天呢？

我在学校每天都会接触上千名的年轻人，他们热情奔放，像热能过猛的太阳恨不得随时要灼伤旁人；他们浮躁吵闹，像一窝饥渴的蚊蝇放肆地鼓动薄翼嗡嗡作响，我有时很怕在午餐时间到餐厅去，因为那简直是青春泛滥的高压锅，但每回我还是习惯地要在上课前，先到餐厅买一杯咖啡，然后慢慢地往课室走去。

那一小段路程，与只讲求声量与速度的不安青春擦肩而过，我越发觉得自己有一种容许放慢容许不浮躁的自信。仿佛我的老气是一种最恰如其分的从容体现，我甚至开始享受这样的权利。

可以这么说吧，没了什么，就等于有了什么；没有与拥有，只是一种转变的过程，我们从来不曾真正拥有过任何人事物，所以也就从来不曾真正失去任何人事物。没了声音，就有了宁静；没有丹青，就有了留白；没有讨好他人，就能够做回自己。这么一想，就逐步感到释然了。

那么当记忆没有了，我们有的又是什么？

十七岁对照 四十二岁，我们围着一桌，谈笑间望着彼此，在你我改变的容颜中拼凑曾经熟悉的一切。二十五年，我忘了那是一种怎样的漫长，多少得失、多少来去、多少爱憎在记得与遗忘之间上场落幕。假如，曾经发生过的许多事情，我不记得了，仿佛就等于不曾发生过；再假如，曾经碰见过的某些人，我也不记得了，若也能等于不曾碰见过……那，该多好。

许多细节我真的不记得了，至少我没忘，我们是朋友。

买面条还是可以的

妈妈花了大半辈子时间给我们烧菜做饭。烧菜做饭到底有多难？很难，因为就算子女当成理所当然，妈妈也会心甘情愿。

▼
▼

热腾腾的白米饭，加上一小片的牛油，交叉双臂静候三十秒。待牛油融化，点上几滴酱油，略微搅拌。那是一种怎样的香气，随着米饭的蒸气弥漫？那又是一种怎样的口味，简朴得几乎让娇纵惯的味蕾乱了阵脚，寻不着最贴切的形容词？

在网上看“深夜食堂”，某集的主题就是这道牛油拌饭。寻常食堂宛如狭小舞台，和式拉门一开，寻常人物登场，夹杂一道道家常饮食，一边吃着一边尝尽人生百味。你我都是有故事的寻常人，能说的不能说的，夜来细细咀嚼，又有谁的能不耐人寻味？

那道牛油拌饭朴实无华，实难想象谁会愿意花钱买一碗来品尝。或许你我都忘了，吃原本就是一种生理需求，就只为果腹续命；然而吃也是一种情感需求，当某种滋味化入记忆，就会变成醇酒，越久越甜、越酸越苦、越烈越浓。当饮食与人生紧密交错，那已经不是单纯的食物了，那是你情感的认同，或是椎心之痛，是你一生百味杂陈的注脚。

牛油拌饭没尝过，白粥配腐乳，或是几片酱菜心倒是吃过的。父亲母亲以往常吃，连带影响了我。在国外那阵子，忽而特别想念腐乳的怪味道。还记得当年在德光岛受训时，有一阵子很莫名地渴望吃红豆冰。仿佛只要在周末如愿吃上一碗缤纷清凉甜蜜的红豆冰，就是人生莫大的幸福和快慰了。其实那样倒好，当生命对任何欲求，可以简单到只需求一碗很平实的刨冰甜点，这样日子就不会太难过了。

老母亲不时也会记起当年给外公买葡萄一事。小三那年，外公遇交通意外，住院抢救那几天，母亲赶去照料。某日，外公较为清醒，忽然说想吃葡萄。母亲抓紧时间立刻去买，在病床上喂外公吃了几颗，外公说很甜。隔日，就走了。从此，葡萄对母亲而言，就不再是葡萄了。

人生许多人事物都太容易变质太容易失去，原本以为拥有的，哪知道才一回首就成了陌路。太多的一切我们把握不了，失去了只徒留回忆，那也太抽象了。或许只有一些旋律，或是一些味道，是不会改变的，让你不经意再次听到时尝到时，记忆转瞬间都变得无比具体，历历在目，让你也不知那是痛或是感动。

刚过的学期，我的学生和某家医院合作，完成一项毕业专题作业，以绘本及插图形式，向公众解说失智症。说来凑巧，前几日刚在脸书上看了一则中国失智症的公益广告。儿子长大了，忙着工作；老父亲得了失智症，逐渐连儿子都不认得了。某次，儿子带老父亲上馆子，老人家忽然徒手拿起吃剩的两个饺子塞入裤袋，在众人前儿子好生尴尬，连忙阻止。老父亲只喃喃说着：那是要留给儿子吃的。他什么都忘了，唯独没忘儿子喜欢吃饺子。

过年期间老同学上我家小聚，都说我母亲好硬朗。平日，母亲老是埋怨说自己越老越健忘。我也开始忘记许多事情了，但喝着特浓的南洋咖啡乌，或是点一道腐皮寿司时，我会记得一些故事。我也没忘记中一那年，决定转读特选美术班时，母亲对主任老师说从事画画赚不到钱。我更没忘记母亲很多年前说过，她喜欢吃面条。画画或许真的赚不到什么钱，但买面条还是可以的。

向不伟大的自己敬礼

伟大是在别人眼里的，在自己的眼里只会变成自大。把自己看得太重要的人，往往也最自卑。

我是在父母不少的谎言中长大的。例如，饭要吃得干净，如果用餐时碗盘餐桌的饭粒撒落如满天星，将来肯定娶个大麻子。再如，无论多生气，都不可以打骂兄姐或长辈，因为老天的闪电会劈死你。又如，见到地上写有文字的废纸张，不可践踏而过，把文字踩在脚底，长大后不会读书。虽是谎言，却也无伤大雅，没有父母会存心说谎来伤害子女，这我绝对相信。

刚过去的星期五，到某初院给语言特选课程的年轻朋友谈绘本的文学性。我一贯从绘本对人一生的重要性谈起。在一般人眼里，绘本仅是毫无分量的游戏读物，不会认真以待。我本想谈小时候，母亲如何用谎言吓唬，教会我不可把印有文字的出版物踩在脚底，或坐在屁股下，那是极大的不敬，是种亵渎，会换来恶果：对文字不敬，即是对知识不敬，长大后就不会长知识。父母没受过教育，自然更敬重文字学问知识。而潜移默化地，我这一生中，对出版物都心存着一股挥之不去的敬畏之情。书，说到底，在我内心，终究是近乎神圣的。

但那天或许是忘了，或则诉求听众不在，所以没谈起这件小事。我是要说给身为父母的朋友们听的，真希望他们还是能继续灌输给下一代同样的观念：对书本文字的敬畏。时下电子书已成新趋势，传统出版物面临生存挑战。但我想无论电子书多么发达，终究取代不了纸质出版物的神圣感。能握在手里轻轻抚弄的纸质书，那叫实在，只有实在能够触碰及拥有的东西，才能产生敬畏之情。我们现在面对的最大问题，就是时下之人，对文字都没了“惊天地、泣鬼神；天雨粟，鬼夜哭”那可敬可畏不容亵渎的谦卑态度了。

敬畏之情，在新生代的意识范畴里，应该是相当薄弱了。我们小时候单纯好骗，现在小孩太过精明，不知是好是坏。父母用谎言吓唬，我从中学会了敬畏。也懵懵懂懂学会了自我之外还有抽象的天，抽象的命，抽象的注定；而这天、这命、这注定，时刻在观照着你我的一举一动，如庞然巍峨的五指山头，我们这些调皮的小猢狲只懂得撒泡尿，乐在其中。我也学会了人要活得规矩，只要你尊重天，尊重命，尊重文字，尊重饭粒，尊重兄姐长辈，你自然就活得对得起自己了。

最可怕的，就是人的内心再也找不到这种对天地一切的尊敬与畏惧。把自己看得太庞大太伟大，连目中无人也不认为有何不妥，自大地认为地球必须绕着你转。那不代表你就是太子就是国王，你顶多只是一头没了节制的野兽，一列完全失控的火车头，殊不知老天早已安排好万丈断崖在前方恭候。

雨天过后，走在湿滑的小路上，若不小心踩死蚯蚓或蜗牛，一定要忏悔心痛；若无动于衷，你将来一定变成蚯蚓或蜗牛。这是我骗你的，我也这样骗着自己。这样其实很好。

含蓄的
小小距离

母亲现在还同我一块生活。几乎每天都见面，从没察觉什么改变。直到不久前，年底天气转凉多雨，母亲的风湿发作得厉害，几乎走不动。从健步如飞到步履蹒跚，从此得拄着拐杖，母亲无奈笑着说：她（人生）升级了。

我笑说，照片的背景感觉更像在机场。高架的金属走道，衬底的大面积玻璃墙，规规矩矩的方形框架将玻璃来回切割。看不到玻璃，只有户外明亮的天空，唯独少了飞机，或起飞或降落或停靠。

外甥女快步往前，忽回过身来帮我和老妈拍了这张照片。其实当时水雾围绕，置身人工高原森林温室，我和老妈一左一右，一前一后，相隔着一点点含蓄的小小距离。

小时候在迁入新镇组屋前，有五年光景在蓝天绿林的乡下成长。整片乡野就是我怎么也玩不腻的游乐场。那时要下坡出游机会甚少，一家七口，就靠父亲一人扛着。除了逢年过节必到寺庙上香及给外公外婆拜年外，唯一留有模糊印象的，就是母亲至今偶尔还会挂在嘴边，父亲带我们举家到红毛花园郊游的事。

那算是大事了，在那但求温饱的年代，又哪来的休闲概念？母亲口中的红毛花园，即是国家植物园，到那一游，无须开销。其实，带我出门对父母亲而言，也是大事。因为我和巴士八字不合，只要一踏上公车，生理就会起自然反应，一定会吐。见我不舒服，母亲也不舒服，酸梅、药油、哄骗，再过一会儿就到了，再过一会儿就到了。颠簸的旅程没完没了，每个一会儿仿佛都是不见尽头的煎熬，我也不想吐，有谁想吐呢？我无能为力，母亲无能为力，父亲也无能为力，但我一点儿都不怪他们，因为无能为力不是我们可以选择的。要出游，就得搭公车，就得吐；不想吐，就没得出游，就是如此简单。

要说我们一家人在红毛花园到底做了什么，说真的印象朦胧得如空泛的蓝天停留几片模糊的云。唯一还依稀记得的，是那一棵棵茂密灌木丛修剪而成的各种造型，仿佛发现新大陆，哥哥姐姐们很兴奋地努力辨认各种动物，那真是个容易满足的年代，我们没钱游览动物园，这样也算是到过动物园了。

旅途再怎么颠簸，这么多年也一晃而过，父亲已不在，轮到我带着老母亲到另一个红毛花园郊游。滨海湾植物园人头攒动，我们在树塔间的高空走道俯瞰整片花园，跟着踏入偌大的高原森林温室，躲避户外酷热的烈日。这些都是父亲来不及目睹的景观，父亲也来不及见证我当年披上毕业袍。园里有年轻学子欢愉地拍着毕业照。毕业典礼当天，我也曾和母亲合影，有一张我还搭着肩轻轻搂着母亲。几乎每天和母亲相处，倒不曾真正端详母亲的改变。望着外甥女拍的照片，才惊觉曾几何时，母亲竟变得又瘦又小，一头银发衬着背后的日光，更显苍茫。

想起很多年前，有一回我梦到与母亲再次同搭巴士，就像小时候只要公车一启动摇晃，我就要脸青唇白，瘫入母亲的怀里。只不过在梦里，奇怪的是，母亲忽而变得好瘦好小，我哄着她，像哄着小女儿，旅途摇晃颠簸，我们靠得好近，没有了那一点点含蓄的小小距离。

日常不一定恒常

我在韩国原州生活的那段时间，当地朋友常带我到偏远小镇的一家茶馆——终站茶室。我总在想，这“终站”指的是旅途的终站吗？人生风尘仆仆，难得聚在小小茶室，聊聊天，喝喝茶，然后呢？还是得各自上路。

大年除夕前两天，旧家遭搬走的邻居牵连，大门无端端被泼漆，幸好放高利贷的人还算有良心，泼的是红漆，至少看起来吉利。

我的脾气得自父亲，很火暴；我的性格得自母亲，很悲观。若是平日，在年关之际面对此等恼人之事，情绪肯定大受影响；但望着遭红漆毁容的旧家大门，心情却异常平静从容，不慌不忙找了人来清理，除夕前就将一切还原，仿佛什么都不曾发生，日子照常无风也无浪。

正月初六，年假已过，正当日子重回日常步调，在脸书上看到俄罗斯上空，惊现陨石坠落爆炸的骇人异象，宛如好莱坞末日电影画面，万分惊险。若陨石撞击地球表层，破坏力度之大肯定难以想象。只是远在赤道的你我，陨石划过天际之时，却浑然不知，依旧惯性地重复着日常作息，哭着、骂着、笑着、爱着、恼着、烦着、苦着；更浑然不知的是，我们依赖的所谓日常，是何等脆弱，冷不防地随时随地就不常了。

大门遭泼漆那天早晨，睡过了头，匆忙梳洗上班，出门前老母亲还没睡醒，心里有点纳闷，母亲向来起得早。后来在学校，二姐发来简讯，问方便说话吗？正忙着没立即回复；不想约10分钟后，二哥拨来电话。二哥甚少联系我，莫非出了要事？赶忙踏出讲堂接听，内心有点慌乱，怕是老母亲出了状况。后来得知只是家门无故遭殃，母亲无恙，竟有如释重负之感。

老母亲肖鸡，今年八十有一，“二战”时期为领成年人粮票，虚报大两岁，所以身份证年龄为八十三。

好多年前，中学有一名学长，他有所谓的阴阳眼，能看到特别的东西。有一次，他说在学校排练至深夜，到校外等末班巴士。街道空荡，路灯昏黄，不久远处驶来一部车，类似巴士，没亮车头灯，速度颇快。当车开抵眼前，车内也没亮灯，然学长却看得清清楚楚里头满是幢幢人影。或许只是眼花，抑或想象力太过发达，他没向身旁在场的同学提起，其他人对奔驰而过的夜车也毫无反应。总之，学长的解读是，此乃一趟人生的末班列车，正载送着许多已完结的生命，奔向故事的不知是终点，又或是起点。

日子就是这样，有好的有不怎么好的，不外乎如此。预料本来就只是猜测，什么事会发生，什么人会出现，哪由得你来决定。歹徒要泼漆，陨石要坠落，老天要放晴或下雨；有些话说了就覆水难收，有些话不说会一夜白头；有些人会在最不经意时刻，跳上你生命这趟列车，让你也很惊呼：你到底是谁，怎么会如此投缘？但生命的列车不断前进，由不得你我操控，而列车上的乘客毕竟只是乘客，就算是至亲至爱，就算是久别重逢，上来了迟早终究要下车的，只是有些会陪你久一点，有些一转身就离开了。我在学着感激，感激所有曾经在列车上逗留的人，无论是对的是错的，都是一种难得。无奈悲观的性格总是让我豁达不起来。

日常不一定恒常，列车却肯定要到站。难得可以同看一程风景，到站分手前，好好喝这一刻的咖啡，好吗？

死海与
黑森林

任何的喜怒哀乐，无论感受多浓烈，一旦落入时间的汪洋，回头一看，都只剩云淡风轻了。

▼
▼

我这才想起，今天是某个人的生日。以往还会特意提醒自己，勿忘捎个祝福过去。发个网络简讯，纵使天涯海角，千山万水亦无阻。若是有心，还要计算时差，确保心意准时送达。但通信科技再先进，也难敌兜兜转转的人心，拐了几个弯，都迷失了方向，再也寻不得落脚处了；他漂浮在死海，你受困在黑森林。

今天是5月1日，脑袋一片空白，正为专栏图文发愁。难得公定假日，拎着电脑，外加咖啡乌，如常到户外清静角落，整理文思。人生最痛苦莫过于此，有了时间，没了灵感。翻着笔记本，在自己缭乱的字迹间寻觅零星感觉，启动电脑时，才猛一记，那人灯火阑珊处的闪烁身影，如风中烛火，烧不起燎原的炙热。

那天老友忽然发来简讯，问facebook中文如何翻译。有人认真回说：面簿或脸书。另有人幽默回说：mee-pok。当时我在开车，停在交通灯前，知他别有所指，就回复：非死不可。

非死不可，自然是个玩笑，那也是我听来的。然想想，似乎尚有些道理，我们似乎都上了脸书的瘾。一日不上去瞧瞧逛逛，就犹如非死不可了，大有与生活脱了节的错觉，活脱脱就成了我们的第二生命。只是我们都忘了给这个生命，定时做大扫除。因为我们感觉不到它的沉重，总是一味地积累和添加，收集朋友，堆叠赞，宣泄情绪。到最后，一切都成了毫无意义，谁也认真不起来了。

但现实生活，我们却不得不认真。在时间跟前，你我都是最平等的，一致顺着时针兜转，以同一个速度朝同一个方向，任谁也逃离不了，任谁也无可豁免。一天二十四小时，你不可能多我一分一秒，我也不可能快你一时半刻。手头上的时间就只有那么多，取舍在所难免。总得牺牲一些人一些事一些物，若你被牺牲了，也无须怨恨，那表示你或是鱼，或是熊掌，只是锦上添花的点缀，不是不可或缺的氧气。

或许真是如此，没有任何一样人事物是一辈子要你命的。纵使真的曾经某一时刻，看似要了你的命，时日一久，待千帆过尽，再回首，才明了江河滔滔依旧流逝，落花也好，春泥也好，原来都没什么不同。我们都只是一次又一次染了瘾，等熬过了脱瘾症状，你我还是一条好汉。我们都应该给自己的生命定期来个大扫除，现实的也好，脸书上的也好，都不该积累过多红尘。

笑忘一切，你也不知那些人、那些事、那些物，因何忽然出现，折腾一番，又忽然消失。既然要消失，且消失得彻底，那当初又何必出现？没有缘由，没有道理，人生本来就是没得可以好好解释的。

我大可按几个键，在脸书上给那人公式化的一句“生日快乐”。但想想，还是算了，我的人生本就已经够沉重，何须自添几点尘埃。

留下的就是沉默

我们总是说，忙着工作时间容易过。但如果时间过得太快，我们又会猛然察觉错过太多。当我们习惯了忙碌，就会成为逃避的借口，而忘了好好静下来调整人生的步伐。不要老是加速，偶尔放慢，偶尔停停看看，反正就是个旅途，别浪费大好风景。

▼
▼

画展期间，许多旧同窗都偕同家眷前来捧场，小孩就是小孩，有些盯着悬挂的大鸟笼悠悠旋转，嘀咕着怎么笼里会有星星、弯月、纸帆船；有些站在秋千前静静对着小黄鸭，默契与好奇在想象的微风中轻轻荡漾；有些仰着头努力举起小手，只想碰一碰难得靠得这么近的云朵。10AM的创意团队让明亮的天空都住了进来，还有云，还有风，还有星星和岁月。望着这些天真小宝贝活泼的身影，我看到了岁月流转，仿佛和老朋友们昨日才刚完成学业，才刚踏入社会，才刚积极打拼，才刚意气风发，这么一辗转，什么都已蹉跎。

我不止一次叙述过这样一件小事。好些年前，某一天家中电话响，接听后对方说是父亲的老友，想找他叙旧。我愣了一刹那，唤来母亲，母亲也有些许感到意外，怎么父亲过世多年后，竟然还有人想找他聊天。怎么聊啊？我不知道父亲的老友得知消息后，内心那一刻有何波动。有些失落是永远的，本以为老友一直在，不想数年之前人就已不在了。那这几年之间，父亲到底算是活着的，还是离开了？想说的话，想聊的天，想叙的多少陈年旧事，只有彼此懂得的日常琐事，霎时间都没有了分享的对象，那留下的是不是就是沉默了呢？

我不谙声乐，学起乐器手脚笨拙，然我不经意会在插画中给小角色配上乐器，或是横笛，或是萨克斯风，或是陶埙，或是尤克里里。我给观展的某些朋友解释说，每个人活着，都应该找到抒发内心表达自我的一种方式，或许是音乐，或许是文字，或许是舞蹈，或许是画画。我们都需要沟通交流，但不一定是对外的，当有一天你的知己知音不在了，你还有能力跟自己内心对话否？

我们都习惯了忙碌，忙就可以让时间容易度过，不必烦太多，不必想太多，不必面对太多。只是太多的时间就这么过去，有一天必然会惊醒，我到底做了什么？当十年已不足为奇，二十年也绰绰有余，你才开始害怕，原来自己也有了一段历史，只是双脚还来不及拔出岁月的泥沼，岁月的潮汐已随月之圆缺，兀自涌现退去。立在浅滩中，如扎根在那儿的一株孤立椰树，前方是海，上方是天，淼淼莽莽。

一个人活着的价值是什么？似乎前不久，我们才戴上方帽子互道恭喜；后来，接连是喜宴婚礼；跟着是弥月之喜。而今，新知旧雨难得重聚，来支持画展；会不会下次再聚，就是告别会了呢？我们这么努力地活着，是为了碰一碰难得靠得这么近的云朵？或是等一个午后的微风，陪我们荡一荡无声的秋千？如果世俗的价值都与你必然擦肩而过，你又该如何看待自我？有一天我们都必然告别，谁先谁后都无所谓，只是如果我先走，只要你心中有那么这片刻偶尔挂念起我，那么这片刻或许就是我曾努力活过的价值了。

高中同学的母亲是我小学的老师。那天她们一同来看画展，和老师聊起小学师长。她说校长Mr. Koh不在了，副校长Mr. Satchi也走了。我忽然很难过，才察觉小学已是三十年前的事。父亲在那名老友心中多活了好些年，也在我心中活了四十二年，必然还会一直活下去，直到连我也不在为止。

说好的，
重逢有期

父亲过世得早。我和父亲相处的时间不过短短十九年。身旁的人何时会离开，谁又能料得到呢？悲欢离合总无情，从古至今，始终是人生难以摆脱的命定旋律。

一

用手机拍下一幅在英国时画的素描，作为本期专栏的插画背景。咖啡着色的渲染，是那时候就地取材的随性。初抵剑桥，除了画纸铅笔，身边无彩色颜料，干脆以喝剩的咖啡来烘托光线阴暗。色泽依然，香气已散，我将咖啡收在画册里，像是夹着一片秋天的红叶春天的白花，藏住了枯的色身，藏不住温的灵魂。

小时候住十条石，村口右边是灰色大理石的银行，左边是传统咖啡店，白色云石圆桌，深褐色的木质高椅。印象中椅子确实很高，得父亲抱起才能坐上去。我热爱咖啡到了几乎不讲品位的地步，就是牛饮，就是为了延续生命，每天不来上几杯，连呼吸都仿佛没了力气。

对咖啡的最初记忆，来自父亲。那时我四五岁，周末父亲会偶尔牵着我到村口的咖啡店坐坐，沿路也没说什么，父亲和我相处时多为尴尬的静默。父亲不说就是眯着眼微笑，抱我坐上高高的木椅，然后每回都一样，来一杯咖啡乌，一杯美禄和一个豆沙包。热饮来了，父亲就把美禄倒进茶托，微微吹凉，让我双手捧着，慢慢小口喝。都是很平凡的周末上午，麻雀在五脚基的小碎石地砖上觅食，我荡着双脚心不在焉地吃着豆沙包，一心只想回去和哥哥姐姐玩耍；父亲偷得片刻的悠闲，静静啜着浓浓的咖啡乌，他知道豆沙包是甜的，所以他笑了。他用最简单的方式，把自己难得的悠闲以及能找到的甜，都留给了我。

二

在英国的第一个住宿，街对面就是教堂。教堂的小小园区安睡着几冢古墓，有些墓碑已坍塌，厚重的十字架倒下，斜斜压着岁月，将记忆牢牢封锁。在一块小小的石碑上，读着细心镌刻的几行字。上方是思念先行离世的丈夫，1944 年回归天堂；下方是随之作古的妻子，1946 年如约上路。中间是二人短短的约定：Till We Meet Again。说好的，我俩重逢有期，那就是希望的力量。有些执着牢不可破，不舍得放，怕放了就会迷了人生路；有些执着却不应该放，对希望要执着，执着重逢必有期。

父亲的骨灰灵位转移到住家附近的禅寺后，和父亲闲聊的机会反而多了。每回到公园跑步，会顺道去给父亲问安。我自言自语地说着生活琐事，有时也不知到底在说着什么，会莫名湿了眼眶，仿佛要将过往父子间尴尬的隔膜尽力推翻；父亲就只是静静地聆听，因为我们都过得很好，所以照片上父亲总是微笑着。

我不晓得二十多年对母亲而言，是不是一种等待？习惯将情感深埋，就算思念也是默不作声的，在深夜细数几多夜归的灵魂，停了车，熄了引擎，上了安全锁，然后又是寂然。母亲已经订了一个灵位，就在父亲的骨灰旁。没有刻上：重逢有期，那不是我们的习惯。母亲没说，该说的就留到重逢时吧！至于到时该说些什么，或许为此母亲已经预习了二十多年，一遍又一遍，默默地。

都是命运的 *Victim*

其实，我们谁都没有比谁强多少；来到命运的跟前，谁不都是手下败将？我们都活得不容易啊。何不对彼此宽厚一些？

学校都几乎清空了，在年底佳节的这两周短假，校园空得有点凄清。

或许凄清只是我眼里的假象，甚至所谓美好也只是一厢情愿而已。这个世界是我眼里的世界，这段人生是我眼里的人生，所谓真实只是我眼里宁愿相信的真实。

带着电脑，离开办公室，拎着热咖啡，在校园户外寻得个有风的角落，酝酿文稿。先谈两段十九岁的记忆。都不是什么惊天动地足以改变一生的大事件，都是如此微不足道，却反而记忆犹新。那时候，几乎都在德光岛度过。从军营得步行大半小时才能抵达码头。一回，在码头等军船，风云骤起，如浓墨翻滚，黛绿的海面先是皱成密不透风的波纹，跟着跳跃出颤抖的白浪，此起彼伏，层层叠叠，没多久灰蒙蒙的雨如成千上万的箭打下，把天地射杀得片甲不留。上不得船，我们全聚集在偌大的训练亭里。其他同僚或发呆或闲聊打发时间，我却对这大自然的风雨气势着了迷，独自站在长凳的一角，眺望海天因呼吼的风雨而混沌不成形，久久无法作声。

另一回，在岛上丛林集训，回营方才发觉笔记本落在野外，焦虑难安，当晚竟萌起念头，想趁夜色偷偷回去寻觅。那自然是违规的，一番挣扎，最后理性战胜，放弃计划，把遗憾埋入心里。那不是一般的笔记本，里头有我每夜入睡前简单的文字整理，包括那回父母亲来探访时，特地带来的葡萄干松饼，我竟尝出了无与伦比的感动。我要找回的，不是笔记本，而是我生命里某个阶段的凭据，里头有我的不安与感动，也有我的成长与迷茫。

许多事情总是事与愿违的。你以为是美好，实则为伤害。我从来不是很理性的人，有时候太过凭感觉莽撞行为，换来的就只是错误，覆水难收。年纪越大，似乎反而更情愿放手一搏，就算到头来，只能默默舔着自己的伤口，也总好过什么也不做，什么也不说。只是人生本来就是个玩笑，不说不做会遗憾，说了做了难免也会遗憾。

朋友要我一定得去看The Life of Pi。那一幕暴风雨中，男孩用唯一铅笔在求生手册书写的日记，遭暴风卷走，让我想起遗落在德光岛的笔记本。那种焦虑，仿佛失去了一部分重要的生命记忆，用心以文字填写的，再也找不回了。只是，我们何曾真正拥有任何的东西，包括自己的生命，包括友情，包括感情，包括信任，包括交心，这一切都可能在最不经意的时刻，狠狠地背你而去，头也不回，仿佛不曾发生过任何的悲喜交集。如那头孟加拉虎，毅然决然只朝丛林走去。原来这一生的一切，都只是我们一厢情愿而已。我们都以为必须好好地说再见，但多少的分离是措手不及的。

我们都困在这个有色的世界，在得与不得之间浮沉。说穿了，我们常以为自己是受害者，实则我们是在有意无意地相互加害着。若从更超然的角度回看，无论是加害者或受害者都没两样，我们都是命运的victim。

写这段文字时，我模糊想起十九岁的一些人与事，又想起近期的一些人与事，竟然有点不能自已地湿了眼眶。落泪是生命的一种本能，我们什么都不曾拥有，所以注定会哭。

青鸟殷勤为探看

青鸟，只是人内心最美好的寄托，因为真实的生活往往太多的无能为力。当我们什么也做不了时，唯有祈愿奇迹的实现。说到底，人终究是可怜的。

▼
▼

打昆仑独自飞来，还凝结着瑶台的一抹冰清，这可是你遣来的信使？以全部的体温，用力地抱着，也听不到早已冰封的锦字。最后化开的，只有一颗泪，却不知是来自青鸟，或是我，或是你。

几个月前创作的小卷毛拥抱系列，有一幅画了小鸟，我没说明，我画的其实是青鸟。谁也没见过青鸟，那是西王母的珍禽，连李白或李商隐也没见过吧？虽然他们笔下总有青鸟打云外衔书而来，在诗词间翻飞，翻飞千年。

小时候，大哥喜欢养雀鸟，家里陆陆续续养过好几种飞禽。有一类小鹦鹉，毛色粉而雅致，或淡蓝或浅绿或鹅黄，添上一抹的殷红，人们喜欢成双成对饲养在鸟笼里，小鹦鹉会眯上眼相互依偎，耳鬓厮磨。我不知小鹦鹉的正式叫法，只记得俗称为相思鸟。相思，信使，倒也几分符合青鸟的定义。

青鸟衔书，衔来的是一种乡愁，那是一种回不去了的落寞，因为一切都不一样了。

脸书转载一则小故事，说伦敦地铁站，在人流倥偬的月台某个角落，总有个老妇人的身影，静静地坐在凳子上，几趟列车来了又去了，也不见她上车。她是六十五岁的玛格连特女士，她不是旅人，她是来赴一个约，来聆听乡愁的。那是大多数地铁乘客都不会格外在意的广播，沿用了数十年的“Mind the Gap”，那一把众人耳里理所当然的声音，来自英国男演员奥斯瓦德，玛格连特的丈夫。他俩年轻时在摩洛哥邂逅，婚后一直在伦敦生活，直到五年前，奥斯瓦德过世，享年七十来岁。人不在了，唯独留下这声音，一再温馨叮咛，叮咛成玛格连特全部的乡愁。青鸟没来，不知那里风雨如何，不知一切可否安好。每一回车门开启，车门合上，行色匆匆的喧哗潮来潮退，玛格连特独自无语，耐心等待奥斯瓦德回来，一声叮咛后，又离去。

如果真有青鸟，在月台盘旋，纵使不落在玛格连特女士的肩上，也请倾吐几声呢喃，荡漾在她的心里。

据说，伦敦地铁公司原本要撤掉奥斯瓦德的广播，以数码化的录音取而代之。玛格连特女士为此给地铁公司捎信，表示希望能取得丈夫的一卷录音。文化古国毕竟看重人情，不但给玛格连特复制录音光碟，还专门在她搭乘的北线地铁，重新沿用奥斯瓦德的广播。这就是成全。

如果真有青鸟，那就是伦敦地铁公司。青鸟有血有肉，有心跳有体温，有度量有感情，懂得尊重懂得聆听，懂得了解乘客是人，不是赚钱工具。

你愿意做我的朋友吗？

小时候，亲情最重要；上学了，友情开始很重要；跟着就是爱情，战胜一切，惊天动地；当爱情逐渐转变成亲情时，又会开始珍惜持久的友情。亲情、爱情、友情，其实都是生命中不可或缺的，就算付出，也不一定能获得。

▼
▼

那天到某所女校同特备华文班级分享绘本，带去的其中一本，是法国人艾瑞克·巴图创作的《你愿意做我的朋友吗？》。简单的构图，简单的故事，蕴含着满满的感动。一只天生绿色的小老鼠，在灰色鼠群中不获认同，他带上乳酪，决定离群去寻找朋友。他碰见同样绿色的青蛙、蚱蜢以及变色龙，殷切地问道：你愿意做我的朋友吗？结果都碰了一鼻子灰。但他不灰心，来到绿草丛中，望着鲜红的野花，不忘欣赏一番。这时，眼前出现一头大象，一头绿色的大象。老鼠好开心，殷切地问：你愿意做我的朋友吗？大象好不慌张，吞吞吐吐说着：愿……意。于是他们就并肩默默坐着，就像一对好朋友一样。不久，大象忽而渐渐变成灰色，原来它是害怕老鼠，一时紧张才发青的。老鼠问大灰象：你还愿意做我的朋友吗？大象已经不怕老鼠了，因为他们已经是好朋友了。

这个有关友情的小故事，解读的空间其实无比宽广。我想起小时候在幼儿园结交的第一位朋友，那时我五岁，他长我一岁，名叫良汉。当然小时候一切都很懵懂的，也不晓得为何在一班十来名同学当中，就和他成了好朋友。有一回，我瞒着家人，带着邻居两三岁的小弟弟，从村子出发，徒步走到良汉住的另一个村子，在他家玩了一个下午。大人们以为我们遭拐带，结果换来一顿训斥。

不久前看了电影《爱在午夜降临前》（*Before Midnight*）。开始有点不惯影片唠唠叨叨没完没了琐琐碎碎的对白，耐心看下去，有些段落颇耐人寻味，竟然让我莫名感动。在希腊的午餐聚会上，老妇人Natalie回忆起过世的丈夫，语气悠悠缓缓，说对丈夫的记忆，时而清晰时而模糊，为了不忘记，会刻意去记起他脸部的细节，他眼睛的颜色，他皮肤的皱纹，他头发的质感。但终究他还是犹如躲在一片云雾中，在清晨不太强烈的日光照耀下，蒸发消失。时而浮现，时而逝去，犹如日出日落，犹如一切的转瞬即逝。正如人生，我们何尝不是来了又去了，无论多么不舍，我们都只是彼此的过客。

的确如此，世间一切流动不息，我穿过你的生命，你途经我的人生。我体内百分之七十的水分，或许有一滴来自喜马拉雅圣山雪峰的白云，千山万水与我相聚，在我体内回温而苏醒；或许有一滴来自悠缓的康河，曾听过撑篙者的慢歌，还残留着几许水草刺鼻的腥；或许有一滴来自你，只因我们一度靠得太近，你哈出温湿的气，滋润我某一瞬间的呼吸；又或许是你离开时，弹下的一抹泪花，在空中碎成千滴万滴，化成满天的星，也是满天的雨。

原来我们的界限从来都不是那么清楚的，这一刻淌下的泪花，谁知下一刻不会徜徉在北冰洋的浩瀚里。

良汉现在怎样了，我一无所知。我对他全无印象了，他也应该不记得我了吧？无论是爱情、亲情、友情，无论是死亡、分离、孤寂，人与人之间的聚合，都是我们一生在试图寻找答案的课题。世上没有几个人，会愿意陪你并肩默默坐着，就像一对好朋友一样。我们都只是彼此的过客，稍纵即逝的日出，转瞬即逝的日落。

如果我们都只是东施

快乐的要诀之一就是接受自己，接受自己就是如此，而且就是如此也很不错啊。

▼
▼

那天在网上看了崔健的访谈节目，忽然很想听他早期的创作。《浪子归》熟悉的旋律一传来，竟莫名地热泪盈眶。

又一年来到尾声，我的悠长假期也即将结束。学院同事发来电邮，开始安排我新学年的教学工作。心中有些许忐忑，一年多前为了给自己全心从事绘本创作的理由，选择暂停教职。两袖清风的日子，并不难过；然两袖清风过一辈子，在岛国是种奢侈。创作与工作如何取舍平衡，只能边走边摸索。

之前给学生上课，总会在最后一堂课上，和他们分享一些想法与感悟。忘了从哪本书看来的，说东施其实也是美女，后人之所以都笑她丑，全怪成语东施效颦。东施纵使没有西施沉鱼之姿，却也必定五官端正，人模人样，平凡而不碍眼。她唯一犯的错，就是错过自己应有的平凡美，宁愿迷失在不自量力的效仿中，结果换来一个无休止的千古嘲讽。

自从看了村上康成画的绘本《999个青蛙兄弟》及《999个青蛙兄弟大搬家》之后，我也一直想创作有关小青蛙的图画书。最近有了一个构思，说雨后池塘，青蛙合唱团哇哇高歌，唯独小青蛙只能呜呜作响。小青蛙也爱唱歌，也想雨后加入合唱团，放声欢唱。他尝试了各种方法，学习了各种技巧，但就是越唱越不像样。为什么呢？原来啊，小青蛙忘了，唱歌最关键的诀窍是开心，以自己自然的声音唱让自己开心的歌曲，好不好听倒是其次了。

我把点子记录在sketchbook里，我的sketchbook收集了不少这些日子以来脑海中跳出的大大小小灵感，有些是一行字，有些是几幅草图，凌乱而缤纷，但我不知道有多少能付诸实行，发展成作品。长假结束后，什么在等着我呢？

崔健说：五十岁之前，都是青年。来年我才正式迈入四十，按理来说还青葱得很。只是回首十年前三十大关逼近时，自己内心隐隐的不安，而今眨眼十载一晃而过，似乎很漫长，又似乎什么也没发生。我们十年的故事，原来都是平平淡淡的，平平淡淡得没有什么值得大书特书。我心中虽还住着一个小孩，然在光阴的跑道上，他欢快无忧地跑在前头任意起飞，如一只亮丽的风筝，我偶尔已追不上了，只能捉着线的这头，不放。

我逐渐找不回属于流浪与出走的自己，你问我想去向何方，我指向大海的方向，那种巴不得吞吐山河的激情，不知不觉退去了；我宁愿回到一个熟悉的角落，在那里平静地喝一杯不起眼的海南咖啡乌，然后仰望天空，一片云淡风轻。

如果我们都只能是东施，我们就要享受身为东施的欢乐，做个开心的平凡美女。年轻时，不要错过流浪；不再年轻时，不要错过回归；该放假时，不要错过给人生放个长假；该生活时，不要错过活一回真正的自己。

岁月是可以画出来的

我们都听过“变是永恒”，所谓一切无常。然而人至少在本质上，应该有那么一两样东西是不会变的吧？例如，善良。又例如，真正的情感。

▼
▼

我对衣着向来不太讲究，平时上班都很少将衣角塞入裤头。若是系上腰带，会感觉不能呼吸。上周老朋友办婚宴，我破例穿长袖衬衫还配上皮鞋腰带。临出门前，老母亲望了我一眼，不经意杀出一句：你好像有肚腩了。我立刻辩说哪有。母亲接着又说：哎呀，你都已经中年了。

我都已经中年这一事实似乎是刹那间就确立的。而母亲的那一声微叹，又有几许是在向现实妥协呢？回想当年刚搬过来时，母亲也只比我目前年长几岁；才一眨眼工夫，没想到我已和母亲的曾经一样老了。

我生就凭感觉过活，感觉对了我可以义无反顾赴汤蹈火，对人对事皆如是；感觉不对那很抱歉，我不善虚与委蛇委曲求全。看绘本也是如此，我可以因为一幅图而顷刻间认同整本书，我就是那种感性凌驾理性近乎不可理喻的人。几年前第一次接触“绘本中国”系列里的“兔儿爷”，喜欢这本书倒不是因为故事，而是纯粹为了最后的那一幅跨页图。兔儿爷是老北京中秋应节的儿童玩偶，塑的是月宫捣药的玉兔形象。故事里的兔儿爷满心期待与小主人碰面，在另一端胡同里的小主人正倚着窗，也殷切期盼信差早日送来装着兔儿爷的包裹。哪知阴差阳错刮来一阵秋风，吹掉了包裹上的地址条，吹散了兔儿爷与小主人相逢的唯一线索。兔儿爷被搁置在岁月遗忘的阁楼，也不知过了多久，因不忍小主人期待落空，它捅破了包裹，下了阁楼，穿过宁静月色下老北京迷蒙的大街巷弄。最后来到依稀记得的胡同，轻轻叩着门。应门的不是小主人，是饱经岁月历练的老者。“你是我的主人吗？”兔儿爷问。老者热泪盈眶，原来这一等就是几乎一辈子了。

书的最后跨页画了两幅小图，左边是小男孩抱着兔儿爷，右边是兔儿爷抱着老爷爷。两者并排，却是道不尽的物是人非事事休了。如果岁月是可以画出来的，这就是我看过最贴切的描摹了。

当热恋变成平淡的婚姻；当兴趣变成糊口的伎俩；当梦想变成琐碎的日常；当青春变成中年不由自主的几许轻叹，还有什么在岁月的推移中是能不改变的？岁月是显微镜，任何细微的变化都会悄然无息被放大，温水煮青蛙似的，在眼底不动声色上演着，直到你察觉时，沧海已是桑田，明月早退却秦汉唐宋的余晖。过去仿佛就是手中一块纹理细密的化石，挽不回又舍不得弃，就只能在心头默默把玩着。

但在一连串你我无能为力的变化当中，可不可能至少有那么一样东西，会经得起岁月的冲刷永不变质？成为在茫茫时间的洪流之中，我们可以依附的浮标。虽说恒变即是真理，但我宁可欺瞒自己一回，愿意去相信这样的一个东西是存在的，纵使一切都面目全非了，也不会改变，就如同兔儿爷对小主人的执着。

只是不知道，你会宁愿相信这东西是什么？

时间的局外人

我不止一回提起父亲过世后，故友拨电找他叙旧一事。父亲不在了，却活在我们的心里；偶尔思念起，父亲仿佛又在回忆中活一遍。人活着，必然受困于时间；人死了，就成了时间的局外人。

我忽然想起许鞍华导演的《半生缘》，不是因为影片特别出彩，也不是由于它改编自张爱玲的《十八春》，而是为了电影的最后一幕，当一切已回不去时，镜头却跳回十八年前那一夜，沈世均殷切提着手电筒，孤弱的光线在林子间焦虑闪烁，剪出林木笔直的黑影仿佛是牢笼，最后他如愿找到了顾曼桢落下的一只红手套，两人当年就

这样开始了，影片就这样结束。

这一幕，是时间最佳的注脚。开始与结束交接于刹那间，那是女导演对女作家的会心解读：无论是《半生缘》抑或《十八春》，原来都只是时间的概念。说穿了，自古多少文学创作，哪个不是在梳理着时间，梳理着你我在时间的密林里，注定的无力感？无力挽留美好青葱光景的悲情，在飨宴正酣时早已酝酿的离散悲凉，在华灯初上时早已埋下的凄清沧桑。

但这一份无力感，是不属于孩童的。只有小孩是时间的局外人，懵懂而又清醒地恣意奔跳着。我们都以为我们都懂得时间，然又有谁能说明时间的确切定义？从小我对时间只有两个概念，其一就是时钟上的数字，学着读懂指针与数字背后的抽象关系，在那一圈又一圈慢跑的轮回中，学会捆绑生命；其二就是光阴寸金，容不得半点挥霍，在观念中种下愧疚的种子，一旦懈怠散漫，愧疚就会生根发芽，让人逐渐窒息。

回英国之前，在书城的中文童书专卖店买了韩国绘本《四点半》。那是韩国儿童文学之父尹石重的童诗，配上李昤庚憨拙质朴的水墨插图。妈妈要小姐姐到杂货店问时间。店家伯伯说：四点半。小姐姐嘴里重复默念“四点半”，心却随着一行行的蚂蚁、蜻蜓、鹌鹑溜达得老远老远。直到天都黑了，小姐姐见到妈妈，并没忘记时间还是“四点半”。我之所以喜欢《四点半》，因为作者不急切于及早对小孩解释时间，而是反过来向成人描绘，作为时间局外人的那一份懵懂而清醒的快乐。《四点半》其实更适合成人细细玩味。

父亲过世多年后某天，母亲接到一通电话，是父亲的旧交，久没联络忽念起老友，来电叙旧，奈何却晚了好几年。我一直记得这段小插曲，因为父亲在友人心中，无端多活了几年，若非一通电话，或许还会继续活着。为什么非要跟时间赛跑，却又要无力败下阵来？外甥女小时候，有一回过完年满心不舍，对我说：年只过了一点点而已。是啊，就让时间一点一点地过，又有何不可？

我好想知道，那多出来的几年时间，父亲在友人心中是怎么活的？我希望是，正在某处喝着啤酒，看着足球，在阳光下慢慢散着步，等着和老朋友不期而遇，然后谈谈天气叙叙旧，把生前来不及赶上的时间一点一点消磨。

来世
我不要做人

直到现在，我还是选择如果真有来世，宁愿化成一棵树，静静地按照季节的变化而开花落叶。简简单单的，无欲无求的。

其实很多年前，我就悄悄决定来世我要做什么了。

我生来就喜欢胡思乱想，活在不怎么实际的国度里。例如，在我人生正值锦绣之际，面向康庄大道，我却宁愿花时间很努力地勾画着来世的种种可能，仿佛现世的一切都无关紧要。我甚至怀疑，有那么一部分的自己，生成就超然于浮世，始终遨游在虚无缥缈的梦境里，月迷津渡，找不到出路，或是根本就不愿走出来，冷不防地就会莫名陷入无语沉思，让那不得不活在现实的大部分自我，暂且抛开俗务，御风远行。

众人都在规划生活的未来，我则在规划来世，我不认为这有何不切实际。若真有来世，若能有选择，我要给自己一个最好的生命形态。所谓最好，就是完成内心最大的满足；所谓生命形态，即是除了人之外的一切。做人有何不好呢？没什么不好，就是太容易分心，太容易贪心，太容易伤心，太容易多心，太容易烦心。来世我不要这颗心了，只要依循自然的法则生长，不过问，不怀疑，不勉强。而最无心的，或许就是植物吧？所以下一世，我要做植物，更确切而言，是一株树，一株大树，一株会开花会结果的大树。

其实我还是贪心的。正因来世无心，我必须此时就做好安排。因为无心的树，根本不会在乎自己有多壮大；它不会晓得自己的壮大，能编织浓郁的绿荫，供人纳凉，而茂密的枝干，能庇护动物虫鸟。也不会在乎能否按季开花；它不会明白满枝头的繁花，会撩起少年的满目春色，而弹落的点点花瓣，会烘染文人的绚烂诗句。更不会在乎能否结出果实；它不会知道果实的清甜，能喂饱动物虫鸟，而果实的芳香，能唤醒人们生活中简单的美好。它就是一株树，一切自有定数，它只是按照定数生长；只不过贪心的我，要它成为一株最好的树。

美国绘本“The Giving Tree”家喻户晓，不必我赘述。不断为男孩无偿奉献的爱心树，它的无私，那还不是我理想中的最好境界。我的树连爱心都没有，若真是有爱有善，也是润物细无声的，那才是生命至善的状态。正如墙外偶然的过客，因墙内偶然的琴音而感动，信手拈来谱成一首好诗。琴师无心，成就了诗人；诗人走后，琴音依然悠悠。我想起了寒山寺那千年前某一夜，无心鸣钟的无名沙弥，若无钟声，客舟羁旅的张继，不会留下千古好诗。而今世人都晓得枫桥，晓得寒山寺，晓得那钟声，然晓得那鸣钟沙弥为何许人的，却没有一人。

当然，想来世做一株树，毕竟只是妄想。小学作文里的志愿，至少凭多年努力及坚定意志，尚可成真；然来世的一切，又该朝什么方向努力，有谁能说得准？如我这等修为浅薄的凡夫，注定摆脱不了这一颗恼人的心，若真得重新回到红尘俗世，看来定是又要沦为俗人了。

梦幻爱情碰上
残酷现实

爱情，小孩子哪懂得？难道大人就懂？

▼
▼

一个人到了多大年纪，才会懂得爱情？在儿童绘本里以爱情作为主题，能读出多大意义？

刚过去的2月14日，我不亦乐乎吃着农历新年剩下的榛子巧克力，甜甜蜜蜜地事不关己过着日子。所谓情人节，本就是属于恋人之间小格局互动的逢场作戏，先天成就不了普天同庆的大节日。要将情人节发扬光大，就得将格局扩大，让普天下所有人都能找到庆祝的理由与动力。于是，我画了一幅与自己亲密手牵手的小图，提醒朋友们在这一天，别忘了先学会爱自己；真正爱了自己，才能爱人。

Jeanne Willis创作的英国绘本*Tadpole's Promise*原书我没看过。很偶然地在网上看到简介，觉得故事还挺有趣的。话说树上有只彩虹毛毛虫，树下池塘里有只圆溜溜的小蝌蚪。某天刮来一阵风，毛毛虫随着落叶掉落池畔，与小蝌蚪邂逅。不可能的事情发生了，它俩一见钟情，彼此许下承诺：永远不变。当然，爱情总是一波三折。过了一阵子，毛毛虫发现小蝌蚪竟然不守诺言，长出两条难看的腿，内心很是受伤。又过了一阵子，她再次发现小蝌蚪变本加厉，有了腿还长出别扭的两只手，气得快爆炸。又过了一阵子，她惊觉小蝌蚪四肢越变越长，尾巴却越来越短，大喊一声“不是说好永远不变吗？！”，便心灰意懒爬回树上，在枝头作茧自缚，躲起来养伤。不知过了多久，毛毛虫醒了过来，猛然发现自己也不守诺言地变了，成了花蝴蝶。“莫非我错怪了小蝌蚪？”

爱人先爱己，不是要你陷入目中无人的自恋，如希腊神话中那顾影自怜的纳西瑟斯，难以自拔地迷恋镜花水月的虚妄假象。然而事实上，世间多少人的爱情，不都是建立在精致甜美的包装上，如染色玫瑰、如糖衣巧克力？我们爱的究竟是梦幻的爱情、浮夸的诺言，抑或恋人的真正本质？毛毛虫责怪蝌蚪不守诺言，只因蝌蚪长出四肢变了样貌，原来毛毛虫眷恋的只是蝌蚪的某一方面而已。当爱情作为一种演出时，迷恋对方粉墨登场的单一假象，可以很享受；当爱情退化成日常生活时，面对伴侣接踵而来的方方面面，就需要包容的勇气了。纳西瑟斯的绝美只存在于神话，你我都只能是生来如此的非完人，爱己就是坦然接受自己生来如此，爱人就是坦然接受对方同样生来如此。

然而蝌蚪的故事我还没讲完。当梦幻的爱情碰上残酷的现实，结局难免血腥。破茧而出的花蝴蝶回心转意，决定飞去找回朝思暮想的蝌蚪情郎。她飞到熟悉的池塘，不认得眼前的牛蛙既是当初的小蝌蚪，正想趋前探寻，他俩四眼相投，还没来得及开口，牛蛙就本能卷出闪电般的长舌，一骨碌将花蝴蝶吞进肚子。痴情的牛蛙还在默默等着当初可爱的毛毛虫。

说穿了，“蝌蚪的诺言”原来是一本普及生物知识的儿童绘本。小孩在黑色幽默中了解自然科学，那成人呢？

梦远

梦是一种动力。人无论年纪多大，只要还有做梦的激情，就还是年轻的。

回新加坡过暑假那段日子，老母亲惯性地每天都要为我这老大不小的小儿子，风雨不改下楼买早餐。她愿意为我操一辈子的心，仿佛她这一辈子活着，就只为此。

我想起在某本书看到的真实故事，细节已有些模糊。依稀有某位日本母亲，罹患癌症仅剩半年寿命。她最难舍的是膝下两名年幼子女，无法陪伴他们度过成长的每一阶段，这是多大的遗憾啊！她有太多的叮咛来不及一一嘱咐，她有太多的关爱来不及细细付出。时间所剩无几，内心话语却倾吐不尽。她没有因此沮丧，而是抓紧时间找好友帮忙，完成今生唯一的绘本留给子女。话说在遥远的兔子国，兔妈妈在兔宝宝过生日那天，都会准备一份有意义的礼物。第一年送的或许是牙刷，希望兔宝宝勤刷牙，牙齿健康才能啃萝卜快快长大；第二年送的也许是梳子，提醒兔宝宝养成好习惯，时时刻刻注意仪容整洁；之后可能还会送放大镜，期许兔宝宝怀抱好奇心，多观察周边精彩的世界；又或是送耐穿的鞋子，鼓励兔宝宝多踏足不同的角落，开阔视野。每一年一份礼物，直到第十七年，兔宝宝长大了，兔妈妈就会送上最后的礼品：背包。寓意要兔宝宝从今以后，用这背包装载自己认为有意义的东西，带着它们以及十七年来满满的祝福，去追寻自己梦想的生命。

一周前我带着刚出炉的布布与飞飞，远渡重洋回到剑桥。为这两本小书忙了一个暑假，从构思、拟底稿、画草图，到安排分页、排版、印刷，临行前终于拿到成品时，满心欣喜不言而喻。可惜我无法留在新加坡，陪伴布布与飞飞勇敢走入群众，踏出生命的第一步。

某些文学批评学派相信，作品一旦完成，就会脱离作者的掌控，从此享有独立的艺术生命。布布与飞飞完成了，他们的生命力有多强，能跑多远飞多高，仿佛也与我无关，非我所能左右的了。放手让小孩走自己的路，并不意味关爱就此终结。让作品面对读者的检视，接受市场的考验，就像是兔妈妈最终送给兔宝宝的成年礼，让它背着背包走出自己稳健的步伐。

我实现了“小我”的梦，出版了布布与飞飞，然“大我”之梦，还有多遥远呢？没有人能够扼杀你做梦的权利，在任何时空我们都可以踏出那么一步，无论步伐或长或短，肯定都会离梦贴近一些。我的老母亲没受过正式教育，我不清楚当她芳华正茂时，内心是否也曾怀着翩翩好梦。但我宁愿相信，母亲是有梦想的，而这就是全心全意地养儿育女，用一辈子无怨无悔为子女烦忧操心。正如那位日本妈妈，在仅剩的半年光景里，也要努力向老天争取额外十七年的精神寿命，活在绘本里陪伴子女直到一辈子。梦，你我不同；做不做梦，他人无权决定，只看你自己。

牛顿
不是圈养出来的

我每回仰望天空飘浮的云朵，总会联想到放牧的羊群，悠悠缓缓地，漫游世界各地。我们不是云，但我们可以选择不把自己圈养起来，偶尔读一本好书，让思绪放牧到天际。

剑桥有两棵与牛顿攀上关系的苹果树。一棵瘦弱，长在历史城区三一学院外，每日接受如织旅人镁光灯的朝圣；另一棵茁壮，长在剑桥大学幽僻植物园大门不远处，静静养着老。

苹果树因牛顿的铿然顿悟，而获得世人无限期的供养。科学衍生于自然，无论哪个年代，人与自然总有无法分割的眷恋。以往有园林的假山借景、盆栽盆景艺术，现今则开始时尚瓶景，将一方绿叶红花极度浓缩，养在玻璃瓶子里，无须费心施肥灌溉，就可在钢骨水泥的堡垒中，掌握一瓶自生自灭的微型自然，仿佛圈养在温室中的最后桃花净土。不知这该是自然，还是人为，抑或在人类的认知里，自然是可以人为的？

人类自古喜欢圈养一切自然有机体，早已习惯在笼子外以怜惜的视角看里头的风景。但我很好奇，我们会不会不知不觉间，也把自己圈养起来了？我没正式接触过香港诗人陈丽娟的作品，只在一回某电视节目中，听过主持人介绍她的新诗集《有猫在唱歌》。她的诗常出现猫与玻璃瓶的意象。她有一首诗这样写着：我蹲坐在小小的深蓝色的玻璃瓶里／望出去的世界也是深蓝的了／自己亦染了一身／笑，就听到回声反弹／哭，就浸泡在自己的泪水中。

这首诗给了我绘画的灵感，这阵子陆陆续续画了好几幅“瓶中景”小图。我想象瓶子中精心布置的小巧花园，我们活在里头，没有风雨亦无惊喜，我们就这样自认为美好地活下去。

连续数日的潮湿，难得周六清早阳光丰沛，步行到历史城区的Waterstone’s书店，泡在童书部翻阅图画书。老实说，英国境内出版的儿童绘本虽多，然就绘图而言，足以让人惊喜的确实不多。不过近年来有位brilliant的绘本作者，连续创作了好几本风格独特，富含睿智且散发童趣的作品，让人刮目相看。他就是Oliver Jeffers，画风如小孩子随性的信笔涂鸦。他的新作 *The Heart and the Bottle*，鲜黄色的封面格外醒目，摆在书架上犹如一方透着暖暖阳光的窗，直叫人忍不住想一窥窗内究竟。无独有偶，Oliver的新书封面也画了大大的玻璃瓶，里头安放着一颗小女孩的心。小女孩原本满心好奇，喜欢尾随爷爷探索生活周遭精彩的奥秘。有一天，爷爷离开了，留下空荡荡的沙发椅，沐浴在窗旁洒落的冷月光里。小女孩的心也变得空荡荡的，她无所适从，只能将空空的心，封进玻璃瓶。她忘了星星，忘了海洋，忘了瓶子外缤纷的世界，甚至忘了如何将封闭的心，从瓶子中掏出来。

是谁把我们养在无形的玻璃瓶，在看似完美锦绣的小片伊甸田园里，听着自己的歌声在天地受困回荡，看着自己的呼吸在玻璃画出迷离的水汽？瓶子外，苹果一颗颗落空；瓶子内，牛顿不是圈养出来的。

能和朋友在一起，真好

一个人，如果让你觉得很舒服，在一起聊天感觉真好，那你就要珍惜。因为友情和爱情一样，可遇不可求。

▼
▼

我不知道自己怎么这么喜欢收集回忆，密密实实地堆叠在房间的角落里，以为很用心地珍藏着，实则早就相忘烟尘里——回忆忘了我，我忘了回忆。

回新加坡后，趁年关将至把房间清理一遍，竟整整舍弃了五六大袋的回忆。虽然丢得彻底，但有些东西还是不忍心扔的，多年前朋友间的手写书信卡片，每一个或端正或潦草的字迹，仿佛都还在那呼吸着，呼吸当时的笑语和叹息。

1976年的墨尔本市区，有个八岁的小女孩玛丽，长得矮矮胖胖，相当自卑、抑郁、孤独，额头印着一块泥土色的难看胎记。同年在乱糟糟的纽约都会，在高耸入云的破旧公寓里，四十四岁的犹太人马克思，和一尾金鱼，一只鹦鹉，几只蜗牛，一头独眼猫，以及一名他幻想出来的隐形朋友，努力活在自己逻辑思维可以驾驭的脆弱世界里。玛丽被老师厌恶，同学嘲弄；马克思是旁人眼中的怪胎，遭社会遗弃。两人各居一方，却机缘巧合成为笔友，通过书信建立了奇特的忘年友情。

《玛丽与马克思》（*Mary and Max*）是2009年的澳洲动画电影，由Adam Elliot执导，他带领五十人团队花了五年时间，完成这部黏土定格动画片。玛丽和马克思其实都只是想有一名真正的朋友，在自己坑坑洞洞的人生道路上，分享一罐甜甜的炼乳而已。马克思告诉玛丽“爱人先爱己”；在友情面对考验时，马克思也明白了宽容的力量，因为世上无完人。自身的缺点我们无法选择，唯有接纳；但朋友却是可以选择的，马克思对玛丽说：我很高兴我选择了你。

通信二十年后，玛丽终于带着初生宝宝，决定动身前往纽约去看老朋友。马克思公寓的门没上锁，他静静地坐在沙发上，脖子靠着椅背仰着头微笑着，手中一罐刚吃完的甜炼乳。玛丽第一次握着老朋友的手，看到柜子上自己小时候送给马克思的一瓶眼泪，还有贴了满满天花板自己手写的每一封信函。那天上午，马克思吃完最后一罐炼乳，仰头看着唯一好友的每一封来信，他的人生满足了，笑容从此定格。

几年前我买了一本俄罗斯的中译绘本《雾中的刺猬》。改编自Yuri Norstein 1975年的同名动画，说小刺猬黄昏后，带着覆盆子果酱，到小胖熊家一块喝茶数星星。哪知飘来一阵浓雾，把小刺猬带入奇幻的迷途。小胖熊焦虑地呼唤好友，小刺猬兜了好一阵子才找到出路。小胖熊絮絮叨叨个没完，对小刺猬说："要是你没来，我要和谁数星星呢？"绘本最后画着两个好友并肩坐着，静静仰望蓝色夜空的点点繁星。小刺猬这样想着：能和小熊在一起，真好。

我把朋友们手写的旧信件卡片，重新纳入回忆里。朋友，我很高兴我选择了你。

注：《雾中的刺猬》（*Hedgehog in the Fog*）原版动画，以剪纸定格及多层玻璃拼贴技巧拍摄而成，画面散发别样的手工迷离质感，网上不难找到，朋友们不妨找来欣赏。

仅是为了自食其果

我还记得英国校园有一棵矮矮的苹果树，一直没怎么留意，直到树不知什么时候开始结果，很小很小的苹果，我就很兴奋地绕着树一直看一直看。英国人眼中平平无奇的苹果树，倒让我看得好开心。

▼
▼

剑桥郊区的格兰切斯特Grantchester有一茶屋，宛若忘了时间流转的伊人，花开花落在水一方。

苹果花树下洒着一草地暖暖的春日光，帆布躺椅让人甘愿沉溺深陷，瘫成凌乱的诗意，散漫文思不成篇章。沿着康河溯流而上，缓缓步行数小时即可抵达，一小步一小步踩着絮絮的春草，小虫如溅起的水露飞跳。溯游从之，仿佛回到1897年的春日，一群剑桥生来到小果园，见花树烂漫，向女园主邀茶，不想就此定为大学传统，而果园也无心插柳成了剑桥的后花园——The Orchard Tea Garden果园茶室。

空有果树花香，若少了人文厚度，我想茶室不会经得起岁月冲刷。1909年，年轻英国诗人Rupert Brooke到果园寄宿，不想就此结下不解之缘。旅居柏林期间，万分思念茶室，写下闻名的诗篇 *The Old Vicarage*，*Grantchester*，其中二句为：

Stands the Church clock at ten to three

And is there honey still for tea?

那是轻得难以释怀的乡愁，谁不愿一切最美好的春光皆凝驻在午后最温柔的一刻，化为一盏茶的空灵，无忧无虑。如果李白的乡愁是白月如霜的温度，那么布鲁克的乡愁就是红茶蜂蜜的余味。

碧山公园的自然水道改建计划近期竣工。人工仿自然山谷溪流，在老树绿坡水草之间，唤醒多少城市人基因里摆脱不去的乡野情怀。黄昏到公园跑步，总喜欢倚着拱桥看水中游鱼。虽然溪流细瘦，倒也想起康河，想起京都的鸭川。友人近期游京都，在脸书分享龙安寺枯山水的照片，我问可有到访落柿舍。那是俳人去来的草庐，庐前栽有柿子树，秋后总会掉落一院子红柿，故而得名。

取名字需要学问，风雅一些，是生活的情趣。近来翻阅叶教授的清词选读，谈明末清初词人李雯时，提了牧翁先生钱谦益，以及秦淮八艳的柳如是。如是二字出自辛稼轩词句“我见青山多妩媚，料青山见我应如是”。牧翁先生长柳如是三十六岁，相互倾慕，为伊人另筑小楼，就取名“我闻室”。“我闻”二字也有学问，取《金刚经》之“如是我闻”之义，此等用心无比风雅浪漫。扬州有西湖，较之杭州西子湖，别有一番清瘦的神韵，有诗人故称之瘦西湖。碧山公园蜿蜒瘦溪，虽无康河的人文厚重，倒有几番康河野趣，偶尔可见款款白鹭，点点翠鸟，绵绵碧绿草坡尽处，寺庙屋瓦庄严罗列。王维有五言绝句《鸟鸣涧》，不知深夜的碧山溪涧，当一轮皓月投影水面，可否也会惊起水鸟，一声长鸣回荡天际？何不风雅一些，来给碧山河道取个名字，称翠鸣涧无妨，唤瘦康河亦可。

总有人问我笔名出处。那真是让我万分羞赧了。阿果二字别无含义，绝不雅致，只不过沿用了二十多年，心情思绪多有变化，而今才忽而明白，当年懵懵懂懂选择“果”字时，或许一开始就注定了今生是来“自食其果”的。

或许是吧？无论今生来这一遭有多好有多坏，原因别无他者，仅是为了自食其果。

失落的何止是一面湖

人活着最怕的，其实就是失落了自己坦然的内心。

如果新加坡在我心中留有永难弥补的遗憾，那肯定是因为岛国没有山，真正意义的山。

我对山的迷恋是根植在基因里的。自懂事以来就无比向往走入深山，在山里呼吸，在山里寻觅，在山里听风听树听雨听泥土的声音。没有一个地方，比山来得更神秘，更充满传奇。学校办公室六楼窗户正好与武吉知马山遥遥相望，雨后清晨，朝阳总会唤醒山林的所有气息，氤氲成白色的魂，缓慢却坚毅地往虚空没去。我偶尔会在窗旁片刻发呆，幻想那袅袅吐露的雾霭在缥缈中，或许有一个山人，或是一尾白狐，或是一名诗僧，隐约抛下一抹身影，就化作云气，随风散去。更小时候，甚至幻想山里有石洞，洞里住着所有不可能的秘密。现实都在山下，曝晒在烈日底下，所有的浪漫都归隐，成了一座山林。如果以山高衡量一个地方的浪漫底蕴，那岛国先天就不足，加上后天人为错误，注定没有仙人不成传奇。

多年前，因结识一群志趣相投的好友，曾接连数次到国外爬山。说是爬山也不全然，顶多只是徒步走山，在山林远足，往最高的目的地挺进。那天听广播，主持人与嘉宾聊爬山之旅，介绍了锡金境内的最高雪峰Kanchenjunga，那是处女峰，尚无人征服。我们也曾遥望Kanchenjunga诸峰，挂在靛蓝色的天空，透明的银白色绵长山脊，像是蛰伏的龙。那9日在锡金山林跋涉，走过吊桥、溪谷、山村、寺庙；穿过山岚，经幡飞扬，树梢开始结霜，山林逐渐退去，成一望无际的乱石山地；气温骤降，积雪阻道，最后只剩蓝天与白雪，以及自己艰难的喘息。海拔5000英尺的终点遥不可及，每一举步如同断气；听着自己的心跳，这浩瀚天地风雪，要走完就真的只剩下自己了。

我为何会迷恋走入深山？或许就为了那一步一步前进的旅程，每一步都让自己变得更渺小，直至消失在高山深谷之间，化入与时间一样老的亘古风景。又或是为了寻找一些说不清的东西。美国绘本作者Allen Say创作的*The Lost Lake*失落之湖，说一对相依为命的父子，父亲平日忙碌工作，沉默寡言。孩子一个人很无聊，将旧杂志上高山湖泊的图片随意剪贴在墙上。父亲注意到了，似乎想起了什么。那个周末，放下工作，带着孩子到山里，去寻找曾经的失落之湖。那是父亲和爷爷曾经的秘密，是他们当年一同在山里发现的原始湖泊。无奈，而今那湖泊已开发成旅游天地，父子俩于是决定往深山继续寻觅，去寻找另一面属于他们的失落之湖。山里阴晴不定，风雨中他们搭起小小的帐篷，点着小灯，吃着简单的干粮，父子俩聊了一辈子都没聊过的话语。

我们在人生中失落的何止是一面湖。绘本表面述说着父子深山探秘的故事，他们寻找的其实不是湖，是失落的父子情。在山下，我们总是迷失在庸碌的现实里；在山上，我们或许迷失在丛林，但越往深处走，越贴近内心。

开花是一种
回光返照

我有时会莫名其妙胡思乱想，例如来世我想化作什么？又或者离世前的回光返照，我会用最后的精力完成什么？也许我会想画一幅图，或是等着见某个人，又或是到户外，去晒多一次阳光，看多一回蓝天与绿地。

我想我是患了人群恐惧症。武汉的1线与2线地铁刚通车，欲前往汉口或光谷，方便许多。光亮整洁的车厢，中英双语的广播，先进的资讯显示屏，硬件设备皆无可挑剔，甚至地铁站内二十四小时的自动图书借阅站，纵使乏人问津，也是一道用心的文化小风景。只是，我真的怕了汹涌的人群。我怕淹没其中，不得不随波逐流地理所当然。

朋友不理解为何我厌倦了出国旅游。旅游的确是件累人累心的事。就算出国，我也宁愿窝在房里，就算外出，也只去书局或咖啡馆。

冷空气席卷，盘桓武汉数日，虽无风雪，然雾气弥漫。清晨醒来，拉开帘子，俯瞰华师沉睡在雾霭之中，那种雾气是有重量的，如裹上一层棉被，整座城市都不愿醒来。来到寒冷的温带，干眼症又发作了，给自己冲了杯热咖啡，唤醒电脑，查看电邮，上网点播怀旧西洋歌曲。1970年Simon & Garfunkel的*The Boxer*；1970年，我还没出世，但也不远了。每一个时代都氤氲独特的氛围，难以言传的滋味，独自在异乡房里听着20世纪六七十年代的歌曲，感觉如同在洪荒中浮沉，寻得安全的时间岛屿，然后上岸，然后喘息。

出国前，从报上得知植物园入口处的一株贝叶棕榈，八十年来首次开花。八十年开一次花足以让人动容；更令人感动的是，开了花之后贝叶棕榈必将枯萎，完成了一个生命形式，播了种，让生命以新形态延续。原来开花是一种回光返照，奋力将全副生命能量灿烂爆发，如同璀璨花火，绽放之后，化作轻烟，了无声息。

网络电台接着播放1968年Judy Collins的*Both Sides Now*。1968，本来就是一组数字，不代表什么具体的意义。数字只存在于人为的概念里，时间亦是。什么是时间？如果没有了时间的导航，我们活着仿佛都没了方向，那太可怕了。我们创造了时间，却让时间支配着。我们逐渐丧失从生活中去体认生命流程的能力。

2012年的最后一天，我的浪漫毛病又再发作。给自己找了个铁罐子，将一整年一些记忆封存，作为今生首个时间囊。我不奢望自己还有五十年生命，那太受罪，就三十年吧！如同三十年的定期存款，不去触碰，不去开封，等期满后，如果我还在的话，回看2012的回忆，或许已无情绪波动。到时若能坦然，那就是最丰厚的回报了。

贝叶棕榈自有其生命的内在时钟，这时钟没有人为的八十年数字，有的或许就是完成今生该开花、该灿烂、该爆发的自然定律。完成了，也就可以了无遗憾地结束。甚至连了无遗憾或许都没有。

我们都喜欢附加意义与价值在外在事物上，其实这都只是在自我安慰，试图从中给自己的人生设定意义与价值。但有一点是我们永远学不会的，那就是很单纯地去认知生命，感受生命，履行生命。

在武汉老旧的书局翻书，老花眼镜一会儿戴上一会儿摘下，书是新的，我有点旧了。贝叶棕榈的存在不需要任何大道理，花开无喜，花谢无忧。

我们
不是满山杜鹃

我们一生四季分明。我的春天与盛夏早已过去，现在开始步入绚烂的秋。季节过了，也无须眷恋无须遗憾；人生每段时节，自有该完成的事，尽心尽力去做就好。

▼
▼

好些年前，和三几好友组团到锡金登山远足。在喜马拉雅山脉间餐风饮露九个日夜，沾染一身翠绿一肩星辰。我们小如芥子，化入须弥深山，时隐时现，忘却人间无数。登山队长是当地人，矫健步伐如履平地。他说，我们到访时节不对，错过满山杜鹃。那是怎样的一番盛景？他不说颜色，只形容香气：杜鹃怒放时，芳郁袭人，旅人置身其间，会顿感晕眩。

春，一切逐渐苏醒，颇有生命回弹的意味，仿佛印证了英语spring的双关含义。当然，岛国四季如夏，无从体会寒冬过后，大地spring起来的勃勃生机。自然有大道，周而复始，循环更替。我们窝在热带岛国太久了，对季节变化无从敏感，对拼经济之外的人生也难以定义。

去年和某同事假期上课，午餐闲聊，谈起人生方向。她打算负笈国外攻读硕士，碍于事业家庭，还有年龄，颇为踌躇。我回她说，再犹豫就更胆怯了，年纪已不容许我们再慢慢磨蹭，有些决定必须果断，只要认为是正确的是值得的，何妨放胆一试？关键是，你我都只活一回。我们不是满山杜鹃，总有花季年复一年定时报到；我们不是春秋四季，虽寒冬萧瑟，总能期待春风回头送暖。我们这一趟俗世之旅是没有季节轮回的，青春过了就只剩下记忆。我们可以缅怀但千万别耽溺。何况，走了青春，我们还有森然炎夏，山头无数留待征服，此时不出发，更待何时？

后来同事果然做了决定。大年初二就启程去国外深造了。她一再感谢我给了她勇气。以一生来看，两年其实没算什么。给自己两年的生命喘口气，放个假，整理心情思绪，或许就可开启新的机遇。花季可以错过，赶不上难免可惜，但花季会再来，下回赶上时会更懂得珍惜。人生的任何两年，错过就没有了。

那天和老同学们喝咖啡，他们当中不乏老愤青，聊得情绪激动时，不输十七十八的激情。幸好我们都用华语，纵使声量再大，语调再高，话题再尖锐偏激，也没多少人听得懂。我的哥哥姐姐都是华校生，升上中学时，教育政策大逆转，他们的英文跟不上，中学毕业后就踏入社会。我有时会在想，姐姐十六岁时怀着的是怎么样的梦想？当时的岛国又给了他们这一代的华校青年怎样的梦想？姐姐的青春早就过去了，没得重来，那是个杜鹃来不及灿烂就戛然而止的花季。

我一直记得登山队长说的，杜鹃花香浓过了头，会让旅行者晕眩。若杜鹃疏朗些，馥郁恰到好处，满山花季必定引人入胜。这就是less is more的道理，是一种人生审美的哲学，无关经济无关GDP。岛国纵使没有四季，也不可不知自然大道的定律，物极则必反，凡事不要去到尽，留有余地让大家喘口气，不是更好吗？

承诺
都没了价值

话虽如此，但承诺还是动人的。

▼
▼

数周前，领着一群学前教育专业的学生到邻国考察，参访当地数家学前教育中心。匆匆四天三夜，大部分的时间都碾碎在大道上，撒落一地烈日下热烫的路面，吱地一响蒸发得无影无踪。

回国后，隔天手提电脑又坏了。不到三个月，先后坏了两次。都四年了，曾经伴着我远赴英伦历经秋枫冬雪春绿。他人都说电脑每两年就该更换，然我就是不信这一套，紧追科技发展，于我而言，实在太累。你可以说是我恋旧，车子也是开足十年迫不得已才换的，但我会说是我生性懒得改变。一旦成了习惯，就不大想花时间改了。但问题是世上哪有事物是永恒不变的？跟随我四年的电脑，就算再次修好，也不知哪一天还是得换的。

天生容易晕车，在长途巴士上，由于无法看书写字，就只好听歌、发呆、小睡，把无所事事的时间狠狠地睡过去。睡得头昏脑涨时，掀开车窗布帘，望着倒退的路，倒退的树，迫不及待往前冲的不停流动的车辆，还有远处不动的峦峦青山，曝晒在赤道明晃晃的烈日下，那青晒得都有一点惨烈了。我们都卡在单调的南北大道上，不断地奔驰，在时间的轨道上加速，以为跑快一些，就能早点脱离这样乏味无聊的窘境。

但我们跑得再快，也跑不掉时间的轨道。我们都想挣脱许多局限，困在沉闷的长途车程，若能跳脱到另一个空间，去完成更多迫在眉睫的工作，或去进行更多有意思有趣味的事情，让时间花得更有价值，等车程快结束时才跳回来，那该多好？我们心理总有那么一点的贪，就像在永平小镇买到的绿茶咖啡，一次喝了绿茶也喝了咖啡，结果不知到底是喝了绿茶还是喝了咖啡。

但就算资讯科技再发达，在每一个时间点上，我们依然还是卡在一个空间里，不管这空间是不是你渴望的；同样地，在某个空间点上，我们也还是嵌在一段时间里，不管这时间来得是否适宜。我们都卡在时空里，从来就不能真正的随心所欲，纵使想飞，也还有无形的地心引力把你我拴牢。

人生许多时候，不也是常出现这样的尴尬处境？卡在一段了无生趣、淡然无味的变质关系里；卡在一份只能糊口却毫无方向的工作里；卡在想有所作为却总是时不我与的沮丧里；卡在渴望改变却不知如何迈步的犹豫里；卡在还不想放弃却已然来到终点的无奈里；卡在想死却死不了想活却活不成的荒谬里。

我们除了卡在时空里，更卡在自己的心里，这就是人生的本质。有些人和事我们渴望永远不变，当承诺都没有了价值，我们就应该从童话里醒来。当我们无法决定什么该变什么不该变时，或许唯一还能做的，就是坦然去面对吧？

杜塞道夫的
小木屋

以前在旧家，由于空间有限，父亲就把储藏室改装成我的小书房。那是我第一次拥有自己的小天地。也就是从那时起，我养成了习惯在小空间创作、发呆、做梦。我需要的居住空间不大，因为我都活在无拘无束的梦想里。

一边看着网络上有关维基解密创办人阿桑奇的报道，一边蹲在麻雀般的小房间里用masking tape一寸一寸粘除地毯上的面包屑、饼干碎、毛发和无端沾惹的纤细尘埃。忽而听到主持人介绍阿桑奇的年纪，三十九岁，正好与我同年。三十九岁的我，窝在英国小镇这小房间里，让人费解甚至有点愚蠢地用masking tape清理着地毯，我并没想过要轰轰烈烈语不惊人死不休如阿桑奇，我只是觉得自己其实原来真的有点古怪。

昨天稍微回暖，数日的积雪消散化开。我怕雪后出门，积雪成了坚冰，滑不溜丢地真的是举步艰难。趁天气放晴，一大早跑去理了发，匆匆买了杂粮，又迫不及待躲回狭小的房间。这只能容下一张单人床，一张书桌，一扇小窗的睡房、书房、画室，就是我唯一需要的全部天地，房间外的一切，倒显得optional了。所以朋友戏谑我是宅叔，我不否认，我需要躲起来与孤独专注相处。我在孤独的狭小天地里，才能感受到无边无际的自由。

日本艺术家奈良美智心里也一直住着一栋小房子，从2001年横滨的个人画展开始，他在日本各地、韩国、中国台湾、泰国、欧美举办的个展，都要在画廊里临时搭建就地取材建造的小木屋，而他的作品，从大幅创作到小幅涂鸦，就看似随意地钉在木屋内的墙上。

这小木屋是奈良美智创作的堡垒，守护着他心中幽微的孤独与疏离感。2007年摄制的纪录片《奈良美智和他的旅行记录》，一开始就说明孤独与疏离感是画家的创作动力，他习惯单独作画，没人打扰他，他也不打扰别人。片中某记者采访奈良美智，问在德国杜塞道夫（Düsseldorf）学习与生活十二年对创作上的影响。不想画家竟然回说：没有影响。当时从日本美术大学毕业后，他只想离开日本，去找回小时候面对灰灰的天空，冷冷的天气，在与人隔绝的状态下，不怎么说话，但却不断思考的感觉。他在杜塞道夫名义上当了八年学生，但八年里只见了教授四次；德国给他的唯一影响，就是有借口在异域名正言顺索居在小木屋的画室里，找回孤独与疏离的养分。

没有杜塞道夫的小木屋，就没有后来的奈良美智。画家成名了，但他始终需要精神上的小房子甚于万千的掌声。他在孤独中才能画出有点狡谲、叛逆、怪趣、邪气、稚气的小女孩头像。

在创作时我渴望并享受孤独，那是多么迷人的心灵状态。我不晓得现在的年轻人还写不写日记，但写日记正是个人与孤独最亲密对话的时刻。天地玄暗，一盏桌灯，光圈画出隐形的小房子，你找到了孤独，也就找到了真实的自己。所以我总喜欢画出悠悠的孤独感，手握小皮球的孩子，在如此美好的春天，明白了这是一个人的乐园。我相信孤独能打动他人，感动人心的就是美。

法国梧桐树下
最后的老自行车

法国梧桐树笔直高大，冬季树叶凋落，更显得傲然挺拔。人在人海里很容易就找不到自己，若能适当地抽离，才能重新确立自己的定义。

▼
▼

那一天之后，我就莫名地喜欢上了华师的悬铃木，也喜欢上了华师的樟树。

上星期为了公务到了武汉一趟，繁重的工作计划让我根本无暇也无心情好好欣赏华师校园，更遑论游览武汉。加上热浪来袭，户外犹如火炉烘烘燃烧，一外出就大汗淋漓。长江和黄鹤楼，也只不过在往返机场途经壮观的武汉长江大桥时，匆匆地看了两眼而已。

一直到了离开的前一天，武汉因为前晚的豪雨，天气霎时从盛夏转入早秋，凉飕飕的非常舒服，仿佛披上了焕然一新的绿，森森冉冉的绿。华师为新加坡学生举办简单的结业典礼，在典礼上遇见了刘老先生，笑容可掬，声如洪钟。之后师生共进午餐，餐后碰巧与先生同路，他推着伴了自己四十多年的老自行车，带我走在华师笔直的西区主干道上，绕了园区一圈。一路浓密的盛夏绿荫在夏虫的鸣唱间无边蔓延。那是悬铃木，老先生说，悬铃木不是好树，因为到了冬天会落叶，春天则会飘洒刺鼻的花粉。由于结的果实圆圆如小铃铛，故名悬铃。其实悬铃木又称法国梧桐，我喜欢梧桐树身色泽的斑驳。先生指着后边的树林，说那是樟树，四季常青，是好树，林子是建校初期园工栽种的，大半世纪过去了，都一片森然了。

在武汉那几天，除了忙着审查学生考卷，还得为即将出版的图文集赶工。这回不是出儿童绘本了，而是筛选过去几年在部落格上发表的上百张新旧小图，重新配上文字，组合成九个段落。这些新旧画作原本就毫无关联，然出版社希望以故事形式呈现，只好尽量配合，苦思文字来拟出画作间的叙事顺序及内在主题。过程相当煎熬，但煎熬之余又备感幸福。

我想我们都有自己的一套对幸福的定义，也有自己的一套争取幸福的方法。那天傍晚，我走出华师北门，沿着繁华的大街想找个合适的用餐地点。灯火通明的现代商场如通天水晶大殿伫立大道两旁，摩肩接踵的路人几乎就要将整座城市完全踏平，他们不亦乐乎地消费着身为都市人就该消费的权利。但在匆忙的繁华间，我忽然看到一名少女坐在路旁，低着头握着手机，脚跟前一张白纸写着两个黑体字：家教。在没人注意的角落，一只瘦弱惶恐的野猫淹没在鼎沸的车笛声中。

老先生至今还是副教授，虽然以他的资历，早该在退休前就升格，只因一腔傲骨，坚持不愿付版费在学术期刊发表论文凑数而耽搁了。做人有知其不可而为之，也有不为五斗米而折腰，这不是清高，这是为了活得坦然。当整座武汉都熙熙攘攘往拜物主义挺进，我就反而更忘不了老先生那一柄折扇，一瓶绿茶，还有他跨上四十年老自行车独自穿梭在华师法国梧桐林荫道的身影，那身影应该不减当年的潇洒，但在校园内众多大房车之间，那身影却平添一缕岁月最后的孤傲与孤寂。只是，谁说那不幸福呢?

苦乐
参半而已

印象中在京都的二年坂看过一个招牌，写着汉字“我乐苦多”，始终弄不明白是何意。但这四个字，倒也概括了人生的真实，不正是苦也多，乐也多。

▼
▼

我不能忍受没有窗的房间，房间可以很小，但不可无窗。窗让房间呼吸，小房间有了窗，阳光可以透进来，微风可以吹进来，鸟声可以传进来，房间就可以活起来。

小房间窗外是小住宅区的中央圆形绿地，沿着圆周伫立着一排瘦瘦的树，冬天叶片落尽只剩交错的细细枝丫，就更瘦了。绿地除了细草，别无他物，没有花，没有椅，没有秋千。下雪时，就是一整片圆的白雪；雪化了，就是一整片圆的绿茵。

剑桥并没有受暴风雪过强的侵袭，过了圣诞，气温已大体回暖，连日回升零度以上，偶尔还露着阳光。昨日洒了绵绵的细雨，残雪褪尽，星期日的闲逸中，绿地在隐隐的朝阳里透露平静的草色，一对母子出来踏青。两三岁的男宝宝开心地追逐不胜其烦慌乱惊飞的野鸟，年轻的妈妈在后头，慢慢地守着护着。我在想，这一刻妈妈的心里是不是忽一阵的欣喜，忽一阵的忧伤呢？欣喜孩子已健康成长，忧伤孩子正迈步远去。

圣诞节那一周，毕业作品已大体弄好了，只剩一篇文字报告得写，时间充裕无须赶，可以偷空随意画些闲图。闲图，即无执随心之作，往往是没有创作目的，而是画什么，想什么，最后弄出怎样的作品，也不强求。我习惯电脑作画，总有人否定电脑绘图，嫌弃数码画作欠缺诚意，硬邦邦的，登不上大雅之堂。我不服气，故经常尝试各种作画技法，试图在电脑上直接画出手绘的质感，画闲图遂成了实验之作。或许内心闲适，画了一幅以兔子为主角的闲图，暖了身，隐约找到某种新的画法，心一喜想法泉涌，连续数日越画越多，不想最后竟然在短短两周内，将这组闲图以文字贯穿，弄出又一本简短的绘本，添凑在毕业作之中。兔子说：我习惯了静静偷听北风抖落的遥远絮语；我习惯了细细阅读秋色渲染的朦胧诗句；我习惯了一个人的自己；直到那一天，才发现，原来我也可以习惯有你。

不强求而有所得，这不是运气好，是随遇而安吧？我是悲观与乐观混杂的矛盾体，多愁善感时，就任由文字梳一梳内心无法自拔的愁绪；天真欢快时，就信笔涂鸦画出心花怒放的简单稚气。说实在的，生活不也正是如此？概括一句：苦乐参半而已。小窗外的圆草地白了雪也好，绿了茵也好；文字沾了泪痕也好，图画染着童趣也好，都是可以的。悲苦中，就要用心寻找喜悦；欢喜时，也别忘了用心体认苦楚。年轻妈妈内心一阵欣喜一阵忧伤，就是生命最真实的滋味了。

和天空说着
海南话

我想现在就算松绑了，一些已经根除的好东西，永远都回不来了。

那天下班开车回家，途中听电台广播女主持聊孩提时的游戏，忽然听到一个熟悉的词汇，整个乡愁一涌而上。

我们都是在pasang中长大的，不是吗？我们的童年，如果没有了pasang，那剩下的真正回忆，还有几分？只是曾几何时，这个每天必挂在嘴边的马来词汇，我都几乎遗忘了，遗忘得近乎彻底。以至于再次听到时，我不自觉愣了一下，拼命在记忆里翻箱倒柜，才惊呼这听似陌生的用语，竟然和我曾经如此形影不离。

这就是一种乡愁。不一定是分隔两地的，而是由于时间的必然流逝，造成一种淡忘，却又不可能忘得彻底，在最不经意时忽然想起，才发现一切已经回不去了。我们曾经生活在语言生态充满无限生机、无限创意、无限可能的环境。我们理所当然说着华语，各种方言，必然混杂一些马来语，再加上不怎么标准的英语。在如此不规范的语言生态中，我们却能自自然然地摸索出一套规律，并没有对语言学习造成困扰。我们这一代，华语还是掌握得很好，英语也应用自如，方言至少能听能说。

这样的本土语言生态，虽然遭到决策的破坏，在草根阶层其实还在。它甚至形成了一种时髦的乡愁，成为年轻国人努力拼凑的身份认同。那天就在脸书上看到两段有趣的短片，分为kopi auntie篇及kopi uncle篇，前一段片名“喝什么？”，后一段“叫水了没有？”。我一边看一边捧腹，原来在你我熟悉的咖啡店语言生态中，除了耳熟能详的各种“o、c、siew-dai、ko-song”，还有内裤（lei-kor）、小白兔、青蛙（kap-po）、刘德华及迈克尔·杰克逊。华语、英语、马来语、方言，在咖啡店的生态土壤里，相互配种，如变魔术一般开出惊喜连连的独特语言奇葩。这是别人给不了我们的，是我们汲取了多种语言养分，逐渐开创出来属于本土的文化语言。

方言俗语有云：垃圾吃，垃圾大，自有其一定道理。语言生态越是多元丰富，充满野趣，越能发展成一方的独特文化认同。现在岛国的语言生态治理得很干净很卫生很单一，但国人学习起语言来，反而没有了自发的韧性与生命力。我们必须放任语言在日常中繁衍，而不是把语言小规模地圈养在狭小的课堂里。

碧山公园自从将钢骨水泥的大沟渠，改辟成自然生态河川，再也不见硬邦邦正经八百毫无美感毫无乐趣的功能性排水道，灌木水草放任生长，大鱼小鱼回来了，蜗牛回来了，青蛙回来了，水鸟回来了，大人小孩溪水中濯足回来了，玩闹欢笑回来了，自然的生命力回来了。

规规矩矩不容逾越的硬性治理固有其必要，但生机勃勃的自然野趣不见得就一无是处。我们生长的环境，并非都只能从功能性功利性、排他性、非白即黑的角度来对待，排水方式如是，语言传承亦如是。

旧家旁的那户邻居是海南人。老先生老奶奶都只会说海南方言。平时碰面总会点头微笑，我虽然也是海南人，但只会福建及广东方言。有时老奶奶会和我聊一些家常，我不怎么明白，搭不上话，就只能傻笑。老先生走后那十来年，老奶奶就更沉默了。她会默默地看着走廊上的盆栽，或是默默地靠在住家的铁门，望着走廊外的天空，仿佛和天空说着海南话。

我们语言生态方言濒临绝种了，华语也岌岌可危了。请还语言应有的自然生态野趣吧！该放任的就放任，该破釜沉舟就破釜沉舟，趁还不至于回天乏术之际，重新唤醒本土语言的生命力。

如果咖啡山在剑桥

还记得英国校园旁的历史墓园，春天几株樱花开得格外灿烂。也许百年后，当一切都变了，这墓园还是会在的，这几株樱花春天还是会盛开。

▼
▼

天使、圣母、雕饰繁复的十字架，背着夕阳余晖羽翼展翅待飞。婆娑的青龙木垂枝长袖漫舞，扶疏而蓊郁的榕树蔓延成一片荫翳的天堂。如茵绿草上光影在捕捉岁月抖落的美好诗句。然诗句才一掉落，转瞬间，却已灰飞烟灭。

等待了八年，附近的地铁站终于莫名其妙地启用了。多么悲天悯人啊，悲天悯人得连容下一片人文历史的气度都没有。曾经宛如伊甸的墓园而今就只剩突兀而刺目的空白，曝晒在赤道辛辣的日光下。上百年积累的历史就此终结。

因为咖啡山，我想起了Bidadari，也想起了翡珑山。现在的青少年应该都没听过Bidadari Cemetery了。这曾经岛国最幽美的墓园，辜加兵挥洒汗珠的场地，日光与疏影玩迷藏的乐土，百鸟争鸣的后花园，华丽雕饰肃穆凝聚一缕人文脉络的艺术天堂，都理所当然地化为乌有了。先父骨灰原先安置在Bidadari旁的翡珑山，我年少时曾数次独自进入山里，坐在先父身旁排遣内心梳理不清的不安。翡珑山的静谧清幽安抚了我多少慌乱的成长岁月。

只是翡珑山2004年也关闭了。不知里头那座高塔还能屹立多久？

其实墓园是最独特的人文景观。在剑桥的校园旁就是当地的历史保留区Mill Road Cemetery，墓园周围均是住宅，隔一条小街即是一整排热闹的商店，古人与今人相安而处，历史与现实距离模糊。静静躺在园里的古老坟墓，无论已坍圮或完好，均原封保留，在枫树、樱树、松树、柏树及众多不知名灌木丛的相伴下，书写剑桥的一段历史。春天野生的黄水仙从坟间拔地怒放，满树的梨花樱花或粉或白，增添一抹抹俏丽的生机。我当时为了应付首门课，经常到墓园写生，偶尔见年轻人在树下独自看书，早晨黄昏总有附近居民到园里遛狗。若与之相比，Bidadari的个别坟墓雕饰更华丽精美，整体保留价值绝不次之。只是Bidadari已经没了，因为这里永远不是剑桥。

咖啡山于1922年1月1日，正式辟为华人坟场。曾在20世纪70年代，逃过一次遭铲平开发的厄运。我不清楚当年发展计划因何而搁浅。只是，从70年代至今，近四十年了，岛国并没因保留咖啡山而发展停滞。保留与发展并不相悖，只要有心，事在人为。我一直在突发奇想，如果有一天能在咖啡山优美的环境，品一杯香浓的咖啡，听一回传统华人墓葬习俗的导览，欣赏一遍早期华人坟墓雕饰的发展脉络，畅游一趟古老墓园生生不息动植物的自然野趣，那该多好！保留一座墓园，保留的并不只是一山的坟墓，还包括宝贵的自然生态、民俗历史、艺术文物，以及我们对过去应有的尊重与包容。

Bidadari消失后，我发现了咖啡山。那时我迷上摄影，在山里拍摄古老坟墓精美的雕饰，孔武的锡克护卫荷着长枪取代了传统石狮，形成一道独特的南洋文史风景。还有山里坟头间穿梭的五彩粉蝶，以及凌空轻吟的飞禽，只是我知道，咖啡山理所当然也是会化为乌有的。

理所当然，就是岛国的命运。

我们都是会过去的

每个人都活得挺不容易的；与其加重他人的苦痛，能够的话，不如给人行个方便，不是很好吗？

英国绘本作家Chris Wormell创作的《大丑怪与小石兔》，是我很喜欢的一个故事。每回翻到故事的结尾，看着最后一幅小图，总会莫名感动。

大丑怪究竟有多丑？他只要一踏出洞口，所有生物都会吓得四处窜逃；他只要一抬头仰望，蔚蓝晴天立即乌云密布；他只要一下水洗澡，冰凉湖泊瞬间彻底干枯。他因为又丑又怪，而遭到世界的完全否定。他被迫活在没有朋友的狭小天地，只好找来四周的石头，用心雕成各种动物模样，以石为伴。怎知，他张口一笑，所有的石头朋友一一爆裂粉碎，他就是这么丑，丑得连希望也随之瓦解。奇怪的是，在碎石堆中独留一只小小的石兔。无论大丑怪如何傻笑如何高歌如何耍宝，小石兔还是小石兔，不做回应也不爆开。不变的小石兔陪伴大丑怪许久许久，直到有一天，大丑怪再也没有踏出山洞；山洞也慢慢不见了，消失在草木花丛中；这世界从此就真的遗忘了大丑怪，也遗忘了还在山洞外独坐的小石兔。

如何解读大丑怪的故事见仁见智。我想起Ajahn Brahm说的“This too shall pass”。有一回，所罗门王梦到仙人赐他一生受用的话语，可让人得意时不会忘形，沮丧时不会不振。可是醒来后，所罗门王却把话给忘了。他要大臣帮他想出来，并镌刻在戒指上。大臣正为之苦恼不已时，来了一位老人家，说他有答案，原来就是：这也会过去。的确，顺境会过去，逆境也会过去；大丑怪会过去，排挤大丑怪的所有动物也会过去。有一天小石兔也会过去，只留花草岁岁荣枯。

与此同时，我也看到无形暴力的恐怖。我们都不是大丑怪，我们更像是大丑怪身旁的一切众生，对所否定的角色避而远之，仿佛对方有毒，避之才能证明自己无毒。冷漠的否定，无言的排挤其实潜藏更强烈的暴力，比外露的语言肢体伤害更无情更恐怖更摧毁尊严。

母亲近几个月患上眼疾，前往医院治疗复诊的次数相当频密。陪母亲在候诊室等候，发现眼科诊所求医病人以老人居多，时不时总会见到形单影只的年长者，人群中一脸的无助无措：他们在文化上迷路了。医院内病患亲属人来人往，医护人员各司其职忙进忙出，但在这一片喧嚷的背后，却是冷冰冰的疏离感。但当告示牌起不了告示的作用，这些孤独无助的年长者，只好被迫成为文盲，只好默默承受社会无情的语文排挤。我们是不是在无意识中都成了无形暴力的施加者，默许以强势语文的隐形暴力，变相地否定了先辈为我们打造现今新加坡曾付出的努力？

我们无心的冷漠，久而久之成了习以为常，反而忘了其中的不合理性，再也无法体恤弱势社群的感受。我们理所当然把他们排除在外，形同透明。其实许多时候，他们要求的并不多，大丑怪只想要有个朋友，年长者也只求不必一出门就得迷路。

世间没有永远的强势，因为我们都是会过去的，给彼此留一点生存的余地与尊严，不是更好吗？

让文字
装下宇宙

我们虽然生活在小小的岛国，但我们的心应该容得下宇宙。

▼
▼

所有 20 世纪八九十年代曾在德光岛接受基本军训的国人，都应该或多或少，仰望过同一片的夜空。

那是横越岛与岛之间出奇缓慢的船行，是新兵熟悉的RPL，慢得连时间都仿佛停止，星斗不再转移，就挂在周末的夜空，垂得很低，沉沉地如同甲板上数百颗落寞的心。

身披戎装躁动的血气方刚，那一刻都因船的慢行，而迫不得已只好让心绪陷入空寂，或倚着护栏眺望海天没入夜的神秘，或抬起头细数难得一见的璀璨星辰。人是可以静下心来的，安静了，就可以看到宇宙。我对天文向来无研究，然依稀还是能辨别北斗。也因为那样的一艘慢船，多少封锁在岛国上的年少胸襟，在那没了速度的半小时旅程里，才终于得见宇宙之寥廓。

从一座小岛，到另一座更小的岛，我们却仿佛横渡了一片的宇宙，那么多的星辰，在没有光害的海洋上空，亮了起来。我不知当时有多少人，同我一样莫名的感动，原来星辰一直都在，宇宙一直都在，只是我们是如此贫乏，竟然除了感动，就别无其他感悟了。

长期幽闭在岛上，我们会忘了大宇宙的存在；忘了宇宙的存在，我们就会浅陋地把自己无限量地放大，大得容不下其他，大得很浮躁很拥挤。我们能有多大？纵的横的深的，在多维的宇宙时空里，我们的生命填满的究竟有多少分量？接触唐诗这么多年，我这时才忽然发现，简短的诗歌里，原来都是无垠的宇宙。星垂平野阔；大漠孤烟直；长风几万里；坐看云起时。那是一种襟怀，那是一种眼界，那是一种生命的认知，那是一种与天地同在的境界。

难怪。当年讲师介绍初唐的诗，一提起陈子昂的“前不见古人，后不见来者”，竟有一股无以名状的茫然无措。而今回想，原来唐诗的境界就是宇宙。宇宙的无限宽广，时间的无限绵长，对应你我的生命的微不足道，怎能不茫然？

政府一直倡导国人要走出岛国，拓展勇气，培养世界观，那不难啊！人在成长过程中，都会有想出走的悸动。那是根植在文化基因里的浪漫侠气。任何时空，只要内心不愿安分，就会萌生浪迹天涯的渴望，如同侠客，脱离制度的枷锁，在风里在雨里，呼吸每一口今生的气息。我总觉得源自西方的背包客，其实骨子里与古老东方的侠客类同，都是一种出走，走天涯。只是侠客走得彻底，背包客终究还是制度底下的顺民。真正难的，是唤醒岛民的宇宙观，因为宇宙意识是人文的，岛国的人文一直薄弱，那是因为我们都活在光害里，在局促的小岛上盲了双眼，找不到头顶上的日月星辰。

唐朝之所以空前伟大，那是因为唐人都把宇宙纳入胸襟，人与诗文境界同在宇宙里遨游，看的想的自然也更广、更远、更深、更透。近日教育部长呼吁国人要重视人文，那很好啊！但要幽闭在岛上的子民不以功利的眼光对待人文，谈何容易。

或许，我们应该在小学纳入一门课，一门望天的课，课业很简单，就是白天看浮云晚上数星星。教育部长，你意下如何？

还我
不词穷的岛国

还记得不久前到金边办工作坊，参与的柬埔寨年轻朋友当中，竟然有人主动和我说华语。他是土生土长的华侨后裔，在艰难的语言环境中，始终不忘在血脉中流淌的文化认同。

▼
▼

在义安理工学院教基础翻译，那一天辅导课上要学生尝试译某句英语，学生支支吾吾了好一阵，最后耍嘴皮回说“词穷”。因为词穷二字，内心颇为感动，我已经不敢奢望现在的岛国年轻华人还懂得“词穷”了。

好友参与歌舞话剧《记得说再见》的演出，星期四的首演，特地去滨海艺术中心捧场。我很少看话剧，这回主要是为了新谣，当然也想看看配合演出所创作的绘本。新谣已是历史名词，只能用来回顾。那一夜，当一首首耳熟能详的新谣创作在耳边响起，竟然眼眶微湿。听着歌手台上投入献唱，不时侧首望向两旁的字幕，用心欣赏一句句优美的歌词，如散文如韵诗，竟不敢相信新加坡人曾经拥有的文笔功力。许多的我们，不正是那时候学会了邂逅，学会了彳亍，学会了初涉，学会了用文艺腔润饰自己强说愁的惨绿。

那不过是二三十年前的事，新加坡的年轻华人不但不词穷，一批又一批的赤诚心灵，前赴后继用华美的辞藻找寻岛国的文化认同。当舞台背景亮出一帧泛黄的旧照，一眼就认出那是百胜楼的新谣演唱会，镜头采取鸟瞰拍摄，人头攒动的汹涌景象，团团将简陋舞台密密围堵，密得如同用拳头紧握刚萌醒的文化骄傲，那时候的新加坡年轻华人，谁也没想过要松手。

但后来不知不觉的，很多人都心甘情愿松手了。想起自己在“一切都是战战兢兢”里，提过尹石重老先生。我在不同场合不止一次介绍过韩国绘本《四点半》。《四点半》就是尹老先生早年创作的韩国童谣。1932年，尹老先生二十一岁，出版了第一本童诗集。当时韩国遭受日本铁骑蹂躏，文化惨遭根除，学校禁止韩文教学，百姓禁止采用韩姓。年轻的尹石重，为了将遭到践踏的本族语言文化还给韩国儿童，积极创作朗朗上口的生动童谣，影响一代又一代的韩国人民，成为“韩国儿童文学之父”。尹老先生一直不肯松手，韩国人骨子里就是不愿松手。

我们都知道岛国的母语教育不尽理想，急需改进。但在牵一发而动全身的庞大体系里，任何搔不到痒处的举措，纵使能亡羊补牢却始终治标不治本。要做就要破釜沉舟，只是破釜沉舟这股魄力谁能扛起？我们曾经付出的代价，就是而今词穷的一代。真不知还能有谁够果敢够睿智来将狂澜给抚平？

这是新加坡“词穷”的时代，我们也无可奈何逐渐接受“词穷”为一种常态。20世纪80年代那股集体用中文创出狮城文化认同的社会潮流，早在卷起千堆雪之后灰飞烟灭。我们内心虽还有一把怒火，只怕当我们这一代赶上末班车的岛民都退出了舞台，或许就再也不见火苗了。热忱无法延续燃烧，新谣的意气风发只能继续风化。直到那么一天，当有人再见那张泛黄的旧照，恐怕连笑问客从何处来的兴致都淡然了。

幸好我们还在末班车上，只要我们坚持不松手。

革掉的何止是美食

其实想想，我们活着不只是一个个体；我们的言谈举止，我们的思想行为，我们其实是一个时代。从一个时代到另一个时代，必须要有可衔接的内在养分。如果太多的养分在同一时代消亡，那必然会出现难以弥补的断层。

那天在讲堂课上，给中文系的学生讲电台广告写作，分享了两则去年创作的某饮料促销广告稿。前一则是修订过的，后一则是原版。两则的差异，只在一句话里某些词汇。原稿的kopi-o、kopi-gao、teh-c一律不过关，只能改成咖啡乌、浓咖啡、奶茶。霎时味道全无。

这就是岛国独有的媒体文化现象。但也不能怪媒体，上令下达是种必然，决策必须与时并进则不一定了。讲华语运动打从我上小学时就推展。记得当年，很喜欢打电话去听每一期不同主题的华语词汇录音。通过否定方言，高举华语旗帜，这一抑一扬的运动不知不觉也搞了三十多年，曲调都变质了，如何收放似乎还是没有商榷的余地。方言成了见光死的过街老鼠，而华语却不见得就繁花累实。问题出在哪里，我们的眼睛都是雪亮的。

梁文道不久前发表了一篇博文，提出有趣的观点，他认为新加坡传统美食的消失，正是新加坡的一种进步。如果一个国家的进步，前提是必须牺牲传统的根基，那这种进步算不算是在建构华丽绚烂的空中楼阁？上周末和三几好友聚餐，有人想喝港式的丝袜奶茶。我们五人挤在装潢很地道的港味茶餐厅，看着复古灰绿碎砖墙面，试着辨认泛黄旧照上的老明星。杯中的丝袜奶茶正不正宗倒是其次，反正你告诉我那是丝袜奶茶，单听名称，整个浓郁的港式氛围就足以耐人寻味了。我想每个人都在寻找记忆中一种浓到发腻的滋味，又咸又甜又苦又酸，强烈而浓郁的世俗审美，正是这种不做作不雕琢的世俗审美，更能构成群众普遍的文化认同。香港的鸳鸯奶茶公仔面，岛国的Kopi、Teh-C、Milo-Beng。吊诡的是，时至今日，我们还在刻板地将这一切文化上不可分割的有机构成，从正统观念里头加以封杀否定。

国庆日要到了，我们难道不爱国吗？我们不爱的是什么？华校传统的消失，方言文化的禁忌，四十八年了，岛国即将半百，回头看一看，我们成就了什么？成就的就是新一代对母语认同的精神分裂。我打从小学就读英校，用了三十多年的英语，虽不算精通但还是流利的。到英国留学时，在教授眼里，我终究是个华人，不是英语的native speaker。

同事在办公桌上留下五本刚出版的集子，CD包装一般的大小，四四方方的，精巧可爱。封面由我帮忙构图设计，粉蓝衬底，纯白字样，加上童稚可人张口高歌的小娃娃。我想起小时候牙牙学语时接触的儿歌《打电话》：两个小娃娃呀，正在打电话呀。喂喂喂？你在哪里啊？同事和国大的恩师携手整理消失中的方言儿歌，出版成集，真是用心良苦。我们的方言我们的传统，真的要问：你在哪里啊？

要别人尊重首先就得自重。脸书上学生转述某年轻人话语：你知道我为什么在O水准give up华文吗？因为我的Chinese teacher不允许我在班上睡觉。那晚在茶餐厅，我们东拉西扯，忽而有人提起“文革”。“文革”不一定特指中国那十年的历史怪象。任何国家任何阶段，都在上演着“文革”运动。有些激进粗暴疯狂，有些冷静强硬无情。温水煮青蛙，纵使再不动声色也足以把青蛙不知不觉煮死。谁不是不由自主地煮得不亦乐乎？我们革掉的何止是传统美食而已？

图书在版编目（ＣＩＰ）数据

说好的，重逢有期 /（新加坡）阿果著．-- 北京：现代出版社，2018.7
ISBN 978-7-5143-7159-8

Ⅰ．①说… Ⅱ．①阿… Ⅲ．①随笔—作品集—新加坡—现代 Ⅳ．①I339.65

中国版本图书馆 CIP 数据核字 (2018) 第 124177 号

版权登记号：01-2018-5491

本书中国大陆中文简体版由新加坡玲子传媒私人有限公司授权，仅限中国大陆地区发行销售。

说好的，重逢有期

作　　者：[新加坡] 阿果
责任编辑：申晶
出版发行：现代出版社
地　　址：北京市安定门外安华里 504 号
邮政编码：100011
电　　话：010-64267325 010-64245264（兼传真）
网　　址：www.1980xd.com
电子邮箱：xiandai@cnpitc.com.cn
印　　刷：北京瑞禾彩色印刷有限公司
开　　本：880mm x 1230mm　1/32
印　　张：6.5
字　　数：154 千字
版　　次：2018 年 8 月第 1 版 2018 年 8 月第 1 次印刷
书　　号：ISBN 978-7-5143-7159-8
定　　价：45.00 元

版权所有，翻版必究；未经许可，不得转载